春天將因你而至
Spring Will Arrive with Your Steps

我對你的在意，是在更早之前，
在你不知道的時候。

紫稀——著

第一章　遲來的相遇

「讓我們用熱烈的掌聲，歡迎新娘入場！」

聽見婚禮主持人興致高昂地喊出這句話，我猛然回過神，趕緊學一旁的來賓賣力鼓掌。

天啊，我是差點睡著了嗎？我緊張地左顧右盼，深怕被誰看見我方才可能呈現的蠢樣。

幸好所有來賓的注意力都集中在台上，應該是安全過關。

都怪程筱旎，她爲了報答我這陣子收留她，特地做了一桌豐盛的早餐，還頻頻催促我早點起床，一副我再不起來，就要開始瘋狂碎念的模樣，逼得我只好妥協。

對於她的知恩圖報，我是很讚許沒錯，但有必要七早八早表現她的感激嗎？週末是社畜最重要的補眠時間耶！

雖然我很想這麼對她說，但就過去九年的相處經驗，與其耗費時間和力氣跟她辯駁，還不如一開始就先順著她。

春天將因你而至 4

因爲早晨的插曲，以至於我整場婚禮幾乎都處於精神迷茫的狀態，只能拚命將視線聚焦在會場的布景上，用力撐開過於沉重的眼皮。

一直到典禮儀式結束後的茶會流程，我才總算提起勁，滿心雀躍地跟著人群走向一旁擺放茶點的區域。

這場婚禮的兩位主角我都不認識，對茶點和飲品的期待比儀式來得高也是正常的吧？

我之所以會受邀，是因爲新娘是我大學時期學務長的女兒。

學務長是個親切、風趣又沒什麼架子的老師，很容易就跟學生們打成一片。而作爲當時社聯會主席的我，自然有不少和他打交道的機會，畢業後也會時不時回學校找他敘舊，因爲這樣的好交情，才得以成爲他女兒結婚典禮的賓客。

按理說茶會這個環節是要讓與會嘉賓互相寒暄，但是當年和我同屆的幾位社聯會幹部今天恰好都無法出席，學務長又在和另一群學生閒聊，我覺得跟不認識的人尬聊沒什麼意思，所以決定躲在角落認眞吃東西。

當我總算把感興趣的甜點都品嚐了一遍，心滿意足地拿出紙巾擦嘴時，不遠處突然傳來了一道聲音。

「子芯！」

側過頭，只見學務長笑容滿面地朝我招手，「別窩在那了，快過來陪我聊會天啊。」

我將面紙收進包包的夾層中，揚起微笑走向他，邊走邊說：「恭喜老師！圓滿完成階段性任務，應該差不多能退休了吧。」

「我都還沒六十歲呢！催著我退休，難不成是在暗諷我老？」

「怎麼會呢……」我打趣他的話還掛在嘴邊，卻在下一秒因他身旁的熟悉身影而吞了回去。

一旁身著一套深藍色休閒西裝的他，給人的感覺和平時穿著T-shirt搭配牛仔褲的形象不太一樣，但這一頭亂糟糟的黑髮，臉上那顯眼的黑色粗框眼鏡，怎麼看都是我們公司的法務，姜祈！

我不可能認錯，畢竟我們前幾天才因爲合約的事起爭執。

明明只是一份每年都會簽的例行性活動合約，內容和格式都沿用去年的，大致上沒什麼改動，其他法務都簽核了，就只有姜祈將審核駁回，要求我修改合約上的一處細節。

這麼一修改，就代表我必須將合約退給合作方，等對方重新簽核後再跑一次用印流程，怎麼樣都得花費一週以上的時間。

爲此我還特地去找姜祈，耐心地解釋這份合約一直以來都是這麼寫的，他指出的細節並不會對合作內容造成實質性的影響，能否看在簽約時間緊迫的份上，姑且這次就先這樣，明年再修改。

然而，姜祈當場就拒絕了，搬出好幾條我有聽沒有懂的法律條文解釋了老半天，我甚至還隱隱聽出了他覺得我對簽合約的態度太隨便了的含意。

學法律的人都這麼愛咬文嚼字嗎？我懷疑他根本就是在找我麻煩，氣得當場拂袖而去。

沒想到，幾天後居然會在這樣的場合見到他，著實是有點尷尬。

學務長注意到我的目光，便道：「啊，子芯，忘了跟妳介紹了。他是法律系的姜祈，跟妳同一屆。這位是企管系的譚子芯，當年她跟你一樣，可是系上的學年第一名呢。」

我一時間沒想好該接什麼話，幸好學務長興致勃勃地繼續說：「剛剛聊起來我才知道姜祈在L公司擔任法務，子芯不也是在L公司工作嗎？想想還眞巧，你們以前一個是學生會長，一個是社聯會主席，兩個人都是我引以爲傲的優秀學生！應該多少對對方有點印象吧？」

幾乎是同一瞬間，我和姜祈互看了一眼。

扭過頭，我故作鎭定地笑了笑，「不認識。」

我不曉得此刻姜祈的臉上是什麼樣的表情，只是極力告誡自己不准看他。

其實，我一直都記得姜祈。

不只是作爲同事的姜祈，而是作爲大學同學，以及……當年聖誕舞會的舞伴。

我所就讀的S大學有個荒唐的校園傳說——只要和學生會透過數據系統替每個人分配的舞伴，一起參加一年級時的聖誕舞會，就可以避免單身到畢業的詛咒。

這一聽就是學生會爲了鼓勵學生參加聖誕舞會而放出來的謠言，他們甚至還宣稱，被匹配成舞伴的兩個人就是命定之人？究竟有誰會相信這種沒有根據的事啊？

當年的我一聽說這件事，只覺得蠢到不行，完全不想跟其他人一樣去找自己的舞伴，同時慶幸我的舞伴也不是迷信的人，沒有來煩我。

直到某次和室友在圖書館外，碰見她就讀法律系的友人，我才總算和我的舞伴相認。

「妳上次不是問我姜祈的事嗎？他就是姜祈。」那個法律系的男生指了指身旁穿著寬鬆帽T，看上去一副理工宅的男生。

姜祈？怎麼聽起來有點耳熟？

「怎麼突然問起我了？」名叫姜祈的男生笑著問。

儘管他打扮得很宅，頭髮又亂得不行，但整體氣質卻不會給人陰鬱的感覺。

「喔，因爲你和子芯是聖誕舞會的舞伴啊。」室友伸手拉了拉我的衣袖，示意我先前那個問題是替我問的。

我愣了幾秒才忽地想起，原來我對這個名字的印象，是來自於學生會不久前寄出的那封舞伴通知信。

我當時只是順口問了一句，並非眞的好奇姜祈是誰。

還沒來得及接話，我就聽見姜祈說：「沒想到妳居然相信那種傳說？」

他說話時，視線直勾勾地望著我，嘴角邊的弧度宛若訕笑，讓我覺得自己在他眼裡顯得很可笑。

他以爲他是誰？誰稀罕那什麼舞伴？少瞧不起人了。

我壓下怒意，揚起了笑容回道：「不相信啊，看到你之後更加確信那是假的了。」

語畢，我朝姜祈和他身邊的男生點頭致意，越過他們走進圖書館。

過了半晌，室友追了上來，她看出我不大高興，連忙道歉：「抱歉，我不應該擅作主張去問姜祈的事，剛剛也沒及時澄清好奇的人其實是我。」

「沒事啦，本來就不是多大的事。」

眞要說這件小事爲何會導致方才的局面，那也是姜祈的鍋。

她瞅了我一眼，確定我沒有在生她的氣之後，才接著說：「對了，妳的舞……呃，姜祈託我帶話給妳。」

「什麼話？」我轉頭假裝在認眞尋找座位，故作滿不在乎的樣子。

「他說他不是那個意思，只是覺得妳不像是會相信校園傳說的人。」

我冷哼了一聲，「他又知道我是什麼樣的人了？」

明明就不認識我，憑什麼擅自認定我不會相信？儘管他猜對了，但聽他這麼說就是覺得有點不爽。

「子芯，雖然這次牽線牽得有點失敗，但妳眞的不考慮認識姜祈？我跟我朋友都覺得你們應該會合得來。」

「你們是怎麼看出來，我跟他像是合得來的樣子？」

「因爲你們兩個給人的感覺很像啊。」室友笑著說。

我至今仍不明白她是什麼意思，但可能是因爲這句話，也或許是因爲不怎麼愉快的相認過程，使得姜祈這個人給我留下了十分深刻的印象。

後來，我又在走廊上和姜祈擦身而過了幾次。

每每四目相交時，我都會有點遲疑是否應該和他打聲招呼，我們算是認識的關係嗎？

如果姜祈假裝不認識我就算了，可偏偏他又不移開目光，就只是盯著我看，明顯是記得我的樣子。

在這種情況下，我總覺得要是先別開眼，就像是認輸了一樣，所以我也會盯回去，直到我們都走出彼此的視線範圍爲止。

「他明明就記得我，爲什麼不主動揮個手，說句『嗨』之類的？」

這種狀況持續幾次之後，我忍不住打電話給高中摯友筱旎，和她抱怨姜祈這個人有多怪。

「妳不也沒跟他打招呼嗎？彼此彼此，妳一點都不吃虧啊。」

「但我總覺得他是在等我主動開口，憑什麼我要主動？我跟他又不熟。」

「不就是沒打招呼嗎？既然不熟，妳這麼在意幹麼？譚子芯，妳很可疑喔。」筱旎懶洋洋地回道。

我不是很想理會她的調侃，但她說得也沒錯，我根本沒必要在乎姜祈的舉動。那我又爲何會這麼在意他有沒有和我打招呼呢？

一直到聖誕舞會當晚，我才終於找到了令我感到有點丟臉的答案。丟臉到即使面對近乎無話不談的筱旎，我都感到難以啟齒，只敢把這個想法藏在心底。

我原以爲每一次的視線相對是一種試探，或許姜祈對我有那麼一點點的好奇，想認識我卻又不知道怎麼開口。

現在回想起來，只覺得萌生這個想法的我，才不只是有點丟臉而已，而是非常地丟臉。

我和姜祈是彼此的舞伴，聖誕舞會是我們之間最好的搭話理由，可等到聖誕節都結束了，他依舊沒主動跟我說過任何一句話，甚至連透過別人旁敲側擊都沒有。

很顯然的，他對我眞的一點興趣都沒有。

我並沒有很想跟他一起參加聖誕舞會，就算他來邀請我，我八成也會拒絕他，但一想到他根本沒把我放在眼裡，我就是不服氣。

是，我就是雙標，我就是惱羞成怒。

當時覺得自尊心被姜祈踐踏的我，一心想著要壓一壓他囂張的氣焰，什麼事都要做得比他還要好，讓他永遠只能望著我的背影，看我頭也不回地爬到一個他遙不可及的位置。

幾乎所有能比較的事，我都暗自在和他競爭。

聽說他入學考試時是法律系該年度的第一名，我便卯足了全力念書，無論是始業、期中還是期末考，都囊括了企管系的年級第一。

但姜祈這個人比我想像得還要討人厭，明明看起來一副對任何事都毫不在意的樣子，卻什麼事都做得很好，要想打敗他、徹底把他踩在腳底下，還眞的沒有那麼容易。

學校每學期都會頒發獎學金給該年級整體成績最優異的學生，而這個獎項每次都是我和姜祈在輪流拿的。

若是我拿了這次的學期第一，下次就會被姜祈超越，然後再下一次，我又會回到第一名的寶座。

除了學業之外，我在其他方面也不想輸給他。在聽說他成為學生會長候選人之後，我轉頭就去參選了社聯會主席。

整整大學四年，有一大半的時間，我的首要目標就是贏過姜祈。

所以我清楚地記得我的不服氣，也記得我多努力想向姜祈證明我比他還要強，更記得我有多討厭姜祈這個人。

「有聽說過。」姜祈給了學務長一個模稜兩可的答案。

聽到他的回答，我才側過頭，悄悄看了他一眼。

姜祈的表情很鎮定，看不出破綻，看來他也不想承認他認識我吧。

「是嗎？」學務長一臉看起來很可惜的樣子，「不過現在認識也不晚，今天就由老師替你們牽線了。既然是校友又是同事，以後在公司要多多關照對方啊。」

我看向姜祈，恰巧又和他的目光相對，沒想到他突然朝我微笑，「請多多指教。」

「嗯，以後還請手下留情。」我抿唇對他笑了笑，特別強調最後那四個字，就是想暗示他，我還記得他那天的刁難。

姜祈沒有愣住，也沒覺得尷尬的樣子，臉上的笑意反而加深了。

學務長絲毫沒察覺我和姜祈之間的異樣氣氛，笑容和煦地對我們說：「那老師先去跟別人打招呼了，你們聊聊，相信你們一定能處得很好的。」

他是老花眼嗎？到底哪隻眼睛看得出來我跟姜祈會處得好？

我沒看姜祈，只是在心裡盤算著要用什麼藉口溜走，畢竟我跟他也沒有什麼好聊的。

「還要留在這嗎？」

我愣了一下，「什麼？」

姜祈挑了挑眉，「妳還有想打招呼的人？」

「關你……」我及時收住了話，學務長還沒走遠，就算要不客氣也不能表現得這麼明顯，「咳，我是說，爲什麼這麼問？」

「沒有的話，要去吃飯嗎？吃了那麼多甜點，應該差不多想吃鹹食了吧。」

我強撐著表面的平靜，內心其實很慌亂。

姜祈這句話是什麼意思？被他看見我很認眞在吃東西了？不對啊，我慌什麼？茶點擺在那就是給來賓吃的，我高興吃多少就吃多少！

雖然找回了底氣，但我還是決定裝傻，「聽不懂你在說什麼。」

「好吃嗎？我剛準備去拿幾塊蛋糕，就被學務長抓住了，一口都沒吃到。」

「重乳酪系列都不錯。」我很順口地答道。

話音剛落，我就看見姜祈在憋笑，這才發現自己中計了。

我有點惱羞，不想再理他。

「譚子芯。」剛轉過身準備離開時，姜祈叫住了我。

我的身體一僵，沒能繼續邁開前進的腳步，因爲這好像是我第一次聽見姜祈叫我的名字。

大學時，我們本就沒什麼實際上的來往，即使在公司因公事起過幾次口角，他也只是用「妳」來稱呼我。

很快地，我恢復了鎮定，故作從容地回頭看他。

「一起去吃飯嗎？」姜祈似笑非笑地又向我發起了一次邀約。

我可能是瘋了，竟然鬼使神差地點了頭。

♥

離開婚禮會場時，我們誰也沒說話，就這麼沉默著走了一小段路。

突然，我意識到不對，停下腳步問：「欸，你爲什麼沒問我想吃什麼？」

「想看妳什麼時候會說啊。」姜祈不慌不忙地回答。

「要是我沒說呢？」我雙手抱胸，有些不滿地回道。

「那就代表妳沒有特別想吃的，我可以隨意推薦。」

我咬著唇，不知該如何反駁。他其實也沒說錯，但爲什麼我就是有點不爽呢？

「看來是眞的沒特別想吃的。」姜祈的嘴角又勾起了討人厭的弧度，「那就跟我走吧。」

他說完話就逕自向前走，像是默認我會跟著他似的。

霎時，我有些恍惚。

整整大學四年，我是那麼努力地奔跑，滿腦子都想贏過他，可當時的我們卻沒什麼實際上的相處，沒想到反而在我不再單方面和姜祈競爭的幾年後，我和他才眞正有了交集。

等等，爲什麼我現在得聽話地跟在他身後啊？

我加快步伐，甚至刻意邁著比他要快一點的腳步。

他側過頭，狐疑地看了我一眼，卻很快又笑了笑，沒多說什麼。

姜祈領著我走進一家港式茶餐廳，牆上貼滿了古早的港片海報，還挺有香港道地茶餐廳的氛圍。

此時尚未到飯點，店內卻只有幾個空位，生意看起來很好。

一入座，姜祈將菜單遞給我之後，很順手地開始替我擺放紙巾和餐具。

「看我幹麼？」

他突然抬頭，來不及收回視線的我，就這麼被逮個正著。

「看菜單啊。」他又說。

這種情況下我說什麼好像都不對，只好摸摸鼻子低頭看菜單。

待我選好餐點，抬頭看姜祈時，他已經單手托腮在等我了。

「選好了？」

「嗯，我要一份乾炒牛河。」我有點不自在，趕緊喝了口水，掩飾尷尬。

「就這樣？」

「不然呢？你點什麼？」他是覺得我看起來吃很多，點一份不夠是嗎？

「煲仔飯。妳應該不介意我點一些點心一起分吧？」

我一怔，這才明白他的意思，搖搖頭表示自己不介意，讓他隨意點。

點完餐後，姜祈轉頭對我說：「這裡的絲襪奶茶很好喝，幫妳點了一杯。」

「喔，謝謝。」我愣愣地回道。

其實我根本沒聽清楚他剛才點了些什麼，因爲在他點餐的過程中，我都在反省自己的態度。

因爲當年的心結，再次見到他的那一刻，我便假裝不認識他，也沒給過他好臉色。每回因公事而交談時，我也都呈防禦姿態。

算了，怎麼說都是還會見面的同事，我以後還是別把敵意表現得太明顯吧。

等待餐點上桌的空檔，空氣中毫無意外地瀰漫著尷尬。

爲了避免跟姜祈對視，我再度拿起水杯，但喝完水卻發現他還是在看我，又是那種意味深長的眼神。

「你是有話想說嗎？」我受不了，主動詢問。

沒想到，姜祈居然直接切入重點，「妳剛剛爲什麼跟學務長說我們不認識？」

「我們算認識嗎？」我神色自若地反問。「作爲同事確實是打過幾次照面，但對我來說不熟就等於不認識，前幾天跟你溝通時的氛圍也不怎麼好吧？」

「是嗎？我不這麼覺得。」姜祈慢條斯理地說著，還一邊替我將杯中的水倒滿，「我指的是學生時代的事。」

我揚起一抹微笑，不疾不徐地回應：「學生時代有什麼事嗎？還是你是指『有聽說過』的部分？那也不算認識吧。」

「喔？看來妳大學時，也聽說過我。」

「堂堂學生會長，誰沒聽說過？」

「妳也不遑多讓啊，社聯會主席。」

我們之間的刀光劍影，被送餐的服務人員打斷。

第一回合，姑且算是平手吧。

看著滿桌香氣四溢的美食，我暫且放下戒心，不管怎樣都得先吃飽了才有力氣PK。

嚐了嚐姜祈大力推薦的奶茶，我一時忘了他有多討厭，彎起笑眼對他說：「這個眞的很好喝耶！果然絲襪奶茶還是要茶餐廳做得比較正宗。」

姜祈先是一怔，接著噗哧一笑，「好喝就好，免得妳以爲我在耍妳。」

不好！我剛剛的狀態有點太放鬆了，眼前這個人可是姜祈，不能讓他小瞧我。

我輕咳了兩聲，低頭尋找我點的那盤乾炒牛河，這才意識到桌上滿是不同種類的港式點心，鳳爪、腐皮卷、菠蘿油等等，應有盡有。

「你也點太多了吧！」我忍不住驚呼。

姜祈聳聳肩，「不知道妳喜歡哪種，我就把覺得不錯的都點了，吃不完可以打包。」

雖然我很不想承認，但姜祈口中的不錯，確實是眞的很不錯，每一樣都很好吃，完全沒踩雷。

吃飯的過程，大致來說還算平和……如果姜祈不要突然開啟擂台賽的第二回合的話。

「不過，我所謂的聽說，不是指妳作爲社聯會主席的事。」

在我認眞吃鳳爪的時候，姜祈忽然拋出了這句話，要不是我緊緊握著筷子，鳳爪可能會當場表演旋轉跳躍給他看。

我沒有馬上接話，繼續啃我的鳳爪，吃完才緩緩地問：「那你指的是什麼？」

姜祈撐著雙手，將下巴抵在手背上，瞇眼盯著我看了許久。

他該不會是想聊舞伴的事吧？正當我這麼想，甚至想罵一句「看什麼看」時，姜祈徐徐開口：「每個學期末我們寢室都會開賭盤，賭下次的不分系第一名獎學金究竟會被我拿走，還是企管系的譚子芯。」

我無言以對，男孩子的快樂還真是樸實無華。

「不早說，你們當時應該讓我參與賭局才對啊，怎麼說也和我有點關係。」

「這樣妳會更賣力爭取獎學金嗎？」

我聽出了姜祈的套路，他在暗示我以前是刻意跟他搶獎學金！

「我一直都沒特別賣力欸，就是做該做的事，拿該拿的獎嘍。」

儘管那些在圖書館挑燈夜戰的日子歷歷在目，但在昔日的競爭對手面前，還是要假裝毫不費力才能氣死他。

「那當時被我拿走了妳該拿的獎，豈不是氣得牙癢癢？我拿了幾次來著……五次？」

「四次。」我們當年可是打成了平手，他哪來的臉說他拿了五次？

「妳記得滿清楚的，看來是耿耿於懷？」姜祈的嘴角上揚，看起來格外欠扁。

我朝他微微一笑，「我的意思是我拿了四次第一名，至於你拿了幾次我沒怎麼注意。」

姜祈這才消停了一會，低頭繼續吃飯，我就默認他是被我糊弄過去了。

然而沒過多久，他又一次進攻，「但我對妳最早的印象，也不是因爲獎學金。」

又來！他到底想說什麼？

我用吸管攪拌奶茶，等他接著往下說。

「妳還記得我們大學的舞會傳說嗎？」

我下意識抬頭，正好對上姜祈專注地看著我的眼神，一時之間，店內的喧嘩聲似乎變得很遙遠。

我突然有點緊張，他這麼問的理由是什麼？無論是從前還是現在，他都不像是對那場舞會感興趣的人。

「那不是你們學生會搞出來的迷信嗎？」斟酌過後，我選擇不正面回答。

姜祈頓了幾秒，接著輕笑道：「今天看到妳，我才想起來，我們當時是彼此的舞伴。」

我沒料到他竟會用如此稀鬆平常的語氣道出這件事，同時意識到或許他最一開始想聊的就是這個話題。

他想試探我還記不記得我們不只是普通的大學校友，更是在茫茫的一年級新生中，被配對成舞伴的兩個人。

沒想到他居然還記得這段孽緣，可記得又如何呢？當年的那場聖誕舞會早就結束了。

對我來說，姜祈自始至終從未把我這個舞伴放在眼裡，確實是很屈辱，是我大學時的心結，但我一點都不想跟始作俑者談及這件事，也不想跟他變得太熟，所以在公司才一直假裝不認得他。

不是每個結都需要被解開，有些人和事只要放在原地就好了。

「好像是有這麼一回事。」我故作漫不經心地附和。

「身爲學生會的一分子這麼說似乎不太好，但我其實一直都對舞伴系統存疑。」姜祈挪開了視線，望向一旁牆面上的海報，「不過像這樣被配對成舞伴，幾年後又在同一家公司工作，還是挺巧的。」

我明明不想再繼續聊這個話題，明明打定主意要裝傻到底，卻又因爲他這番感慨而有些失神。

大學時代沒什麼交集的我和他，畢業後居然又在職場相遇，確實滿神奇的。

有很多往事，我很想問姜祈究竟還記不記得，但那樣就會顯得我很在意，哪怕我眞的如他所說的耿耿於懷，我也絕對不想讓他知道。

明明是這麼想的，但我卻不小心脫口而出：「當年的聖誕節，你是怎麼過的？」

姜祈明顯愣了一下，回眸時甚至沒來得及藏住眼底那一絲錯愕。

這下好了，我前面的小心翼翼都白費了！

我原本以爲姜祈會嘲笑我，或是得意洋洋地問我是不是很在意他沒邀請我去舞會，然後我只要想該在哪裡把他滅口就好了。

然而，姜祈的反應比我想像得要平靜很多。他只是靜靜地看了我好一會，像是在確認什麼的樣子，令我有點不安。

「哪裡都沒去，待在宿舍。」

「喔。」

我沒心思深究，只想趕快結束這個話題，可他卻接著問：「妳當年很想參加聖誕舞會？」

「我才不想去，因爲我根本就不信那什麼舞會傳說。」

我太急著想跟這件事撇清關係，說完才發現這個答法完全就是挖坑給自己跳。

他只是問我想不想參加聖誕舞會，又沒問我相不相信舞會傳說，我幹麼自己提起啊？

「那就好。」

當我正沉浸於說錯話的懊悔時，突然聽見姜祈這麼說。

「好什麼好？」我直視他的雙眸，卻讀不懂他眼底的情緒。

姜祈淡淡地笑了，「我怕當時的妳會因爲有期待而感到失望。」

♥

「失望個屁！我那時應該這麼回他的，爲什麼我沒有？好氣啊！」我一邊怒吼，一邊把沙發上的靠枕當沙包猛揍。

我只記得我當下愣住了，錯過了反駁的時機。

「怎麼感覺這一幕似曾相識啊？」聽完我陳述白天和姜祈的對話，筱旎的反應很淡定，「啊，前幾天妳好像也這麼狂罵過姜祈，因爲他退妳合約的事。」

「我幹麼要答應跟他那種討厭鬼去吃飯？爲了氣自己嗎？」

早知如此，他約我去吃飯的時候，就應該叫他快滾、少來煩我了。

「妳先跟我說那頓飯是誰出的錢，各付各的？」

「姜祈啊。我原本說要自己出，但……」

「那不就好了？妳又不吃虧。不過他這個人還挺上道的，約女生出去吃飯就是不能小氣。」筱旎果斷地打斷我的話。

「我才不用他請，我自己出得起。」

「好好好。」筱旎總說我太好強又太較眞了，看來她已經念到不想再念了，乾脆敷衍我，「我倒是比較訝異你們居然到現在才相認，不是都共事快兩年了嗎？」

「我在公司都假裝不認識他，見面只講公事，從未提過大學的事。」

都怪學務長，沒事爲什麼要幫我跟姜祈牽線，這樣以後在公司不就不能繼續裝不熟了嗎？

「總覺得有點懷念呢。大學的時候，妳有段時間時不時就提起姜祈，我當時差點以爲妳喜歡上他了。」筱旎坐到沙發上的另一側，順便抽走了那個被我當姜祈揍的可憐靠枕。

「就三個字，不可能。」我嚴正否認，「我只會喜歡喜歡我的人。」

聽起來好像有點奇怪，但就我過往的戀愛經驗來看，確實是這樣的。我不害怕主動，只是在主動之前，我需要一些確定感。我的自尊心比較強，不喜歡單方面付出感情卻得不到回報，更不容許被拒絕這種傷自尊的事。

哪怕是動心，我都要確定對方對我也有好感，才敢放心地靠近或是採取下一步行動。

也難怪筱旎總說，我在愛情裡太謹慎、太膽小，活該單身了好幾年。

「妳在說繞口令嗎？而且照妳這麼說，要是姜祈喜歡妳，妳就會喜歡他？」筱旎吐槽道。

「他看起來哪像是喜歡我的樣子？」我翻了個白眼，別說是喜歡了，他當年甚至都沒把我放進眼裡，「所以這個假設不成立。」

「我不是這個意思……算了，這不是重點。妳不喜歡他也好，你們兩個不太適合。」

「爲什麼？」

雖然我也沒覺得我跟姜祈適合，但筱旎一般很少說這種話，她應該是最希望我談戀愛的人，甚至比我媽還積極地想介紹男性朋友給我認識。

「你們都太精明了，兩個聰明的人在一起不會太開心，應該選擇互補一點的人。」

我皺了皺眉，「妳的意思是我應該跟笨的人在一起？」

「不想跟妳聊這個話題。」筱旎搖搖頭，「對了，我已經確定要搬出來住了。」

「啊？妳是認眞的？」

「不然呢？我的壓力已經很大了，每天回家還要挨訓，倒不如拉開距離，看能不能產生點美感。」

筱旎去年底把工作辭了，用過去打工和正職存到的錢，開了一家名爲甜橙的餐酒館。

然而，程爸和程媽無法接受她的先斬後奏，也不認同她的夢想，認爲她把創業想得太簡單了。

這半年以來，他們頻頻起爭執，她都快崩潰了，只好常常跑來我家借住，當作散心。

「那妳看好房子了嗎？」

她忽然狡黠一笑，「上次來妳家，不是正好遇到隔壁的房客在搬家嗎？」

「妳不會打給房東了吧？」我有個不好的預感。

「嘿嘿！我不僅打給房東，我還簽好合約了。」

我的天啊，我彷彿能看見未來多一個媽媽的日子了。

「但隔壁不是兩房一廳嗎？妳一個人租這麼大的房子幹麼？」

「因爲我把小俊也帶過來了。」

「什麼意思？」我震驚地問。

「我找小俊來甜橙幫我，結果就鬧家庭革命了，我爸媽把我大罵了一頓，說我自己胡鬧就算了，還帶著小俊一起胡鬧。」筱旋聳聳肩，看起來十分淡定。

「所以妳就帶著小俊一起離家出走了？」

「我要是搬走，他就得一個人扛罵了欸。」

我忍不住翻了個白眼，「其實妳眞正的目的是找他一起攤房租吧。」

「那還用說。」她毫不猶豫地點了頭。

我眞是敗給她的厚臉皮了，嘆了口氣，「也就小俊受得了妳的女王病。」

「總之，妳月底那個週末把時間空下來，來幫我搬家吧。」

「我有說不的權利嗎？」

「沒有。」

我無奈地答應，起身收拾一進門就被我甩到椅子上的包包，準備回房間。

「之後我跟小俊就是妳的新鄰居啦，請多多指教喔！」筱旎打趣道。

我這才有這件事即將成為現實的感受，準備要轉開房間門把的手就這麼定格在原處。

「子芯？」或許是注意到我的異樣，筱旎喚了一聲。

藏好複雜的心情，我回頭對她擠出了一抹微笑，「好，知道了。我先去洗澡嘍！晚安。」

關上房門，背靠著冰冷的白牆，我如釋重負般地鬆了一口氣。上次見到小俊，好像是兩、三年前的事了，那天之後就再也沒見過他了。

他究竟是抱著什麼樣的心情，才決定搬過來的？

到時候，我又該用什麼樣的表情面對他呢？

好睏。

我因爲筱旎丟下的爆炸性消息，這兩天都沒睡好，轉眼間又來到上班族痛恨的Blue Monday，我的厭世指數來到了極點。

睡眼惺忪地走進公司樓下的連鎖咖啡店，點好每天必喝的冷萃咖啡後，我就這麼站在櫃檯邊發呆。

「子芯，早安！」

聽見呼喚我的聲音，我才迷迷糊糊地抬頭，只見跟我同部門、關係還不錯的同事邱瓅文，正笑著向我揮手。

我擠出一抹微笑，「早安。」

「怎麼了？妳心情不好喔？」她歪著頭，面露擔心。

「沒有啦，週一症候群。」

「我還以爲妳遇到了什麼不開心的事。」瓅文隨意提了幾句她昨天跟朋友出遊的事，接著自然地問起我的週末行程。

這個問句精準地踩中令我煩躁的根本原因，因此我選擇輕輕帶過，「就一如往常地耍廢啊。」

「是喔。」瓅文抿抿唇沒再多問，估計是以為我不想再跟她聊下去。

我原本想向她解釋，但又覺得這樣也好，反正我確實不想在上班前跟同事尬聊太久。

總歸是同部門的同事，就算沒什麼話聊，我們依然默契地等兩人的咖啡都做好，才一同前去排隊等電梯。

這個時間的電梯總是大排長龍，等了兩、三輪才好不容易輪到我們。

我邊喝咖啡邊放空，直到電梯在六樓停了下來。

看著走出電梯的幾個西裝筆挺的男同事，我突然想起法務部門的辦公室就是在六樓。

準確來說，我想起了姜祈。

一想到他，我除了後悔，還是後悔。

後悔那天跟他去吃飯，後悔跟他說了那麼多，更後悔因為多嘴而露出破綻。

唉，以後我要怎麼面對他？裝傻到底？

可是姜祈的心機這麼重，一定會想盡辦法套我的話、嘲笑我，想到就覺得很不甘心。

不對，我們已經在同一家公司工作了這麼長的時間，除了工作之外，根本沒有其他的交集，未來也保持這樣不就好了？

就把禮拜六的互動當成一場意外，只要不再私下跟他接觸，我就不用擔心尷尬，更不用小心翼翼地守著自己的自尊心。

這些不甘心和懊悔的情緒，在我走進辦公室之後，很快就被拋諸腦後了。

週一通常是我最忙碌的日子，除了要整理好週末的銷售數據，還要準備跟副總經理報告市場現況的會議，再加上月初又有很多報告和文件要繳交，根本沒有多餘的時間想工作以外的事。

我任職於L公司行銷事業部底下的營銷管理暨商情分析組，儘管職務名稱是行銷分析PM，實際上卻都是在做分析的工作居多，和我當初應徵時的想像有不小的落差。

入行之後，我才發現分析性質的工作內容是可以無邊無際的，公司的銷售數據、競爭對手的營收表現、市場的現況等等，都能跟分析搭上邊，也因此成了我們組的職責範圍。其他行銷部不知道該歸屬給哪個組別的業務，也統統由我們組承接。

我常常跟同組同事吐槽，我們簡直就是行銷部的資源回收室，明明是行銷分析PM，居然還要負責行銷部的廣告和公關費用審核以及預算編列。

理由是副總說，我們不該完全依靠財務部跟會計部，行銷部也要有第一關的審核機制。

最糟糕的是，由於要分析並統整數據，我們大部分的時間都在等其他組別給資料，只有將資料收齊了再一併分析才能避免重工，但偏偏多數人都喜歡壓到最後一刻才交，從沒考慮過等他們交完才能開始動工的人會有多累。

就好比說今天，我從早上九點便開始忙碌地工作，現在卻因爲別組的人到七點半才給資料而遲遲無法下班。

但我能說什麼呢？

催資料的信一發再發，電話打了又打，對方都只說會在下班前努力趕出來給我，我總不能拿刀架著他的脖子，威脅他優先做要交給我的資料吧？

「唉……」我深深地嘆了一口氣，決定先去樓下的便利商店買晚餐，再回來繼續奮鬥。

其實大部分的資料都統整完了，等等只要再做最後的檢查，就可以把報告書印出來裝訂，應該可以在一小時內搞定。

我一邊在腦中思考待會要做的事，一邊從皮包中拿出錢包，再踏著疲憊的腳步走向電梯。

直到二十號以前，加班對我來說幾乎是常態，不是在公司加班，就是因爲加班時數快到上限了，必須將工作帶回家責任制加班。

我也不是沒有想過要換份工作，畢竟誰喜歡下班一走出公司，都只能看到黑漆漆的天空的生活？

只是每當我快受不了時，時間往往就來到比較不忙的月底，那時候就會好了傷疤忘了疼，總覺得還能再撐下去，離不開這樣的迴圈。

人就是這樣，哪怕是再不舒適的環境以及生活模式，待久了都會成為自己的舒適圈。

況且我才工作了兩年，還需要累積工作經驗，若是太快就換工作很容易被當成草莓族，再加上現在的待遇也還不錯，所以就這麼將就下去了。

「叮」的一聲，電梯停了下來，我下意識抬頭，在電梯門打開的瞬間，和門外的人對上了眼。

好巧不巧，正是我早上才想著不要再有交集的姜祈。

我們兩個都愣了一下，以至於錯過了打招呼的最佳時機。

我正想著是不是應該要說點什麼，或是簡單地點頭微笑時，他已經邁開步伐走進電梯。

姜祈按下了關門鈕，「妳也剛下班？」

我瞥了一眼他背後的黑色皮質後背包，搖搖頭，「我還要加班，先去樓下買點吃的……啊！」

「怎麼了？」他被我的驚呼嚇了一跳。

「我忘了帶識別證……」

剛剛在想事情，只拿了錢包，卻將裝著門禁感應卡的識別證套忘在桌上。我現在不知道該慶幸碰上了正好下班的姜祈，還是該懊惱又被他看見我出糗的模樣。

姜祈的嘴角抽動了幾下，像是在憋笑的樣子，讓我頓時有點羞憤交加，伸手想去按電梯按鈕。

沒想到，他拉住了我的手腕，我大吃一驚，「你、你幹麼？」

姜祈鬆開了手，「這句話是我要問的吧？妳想做什麼？」

「隨便停在某一層樓再走樓梯上去啊。」

「這麼晚了，樓梯間的門早就關起來了，要進去也要有門禁卡。」姜祈指了指胸前的識別證，「等到了一樓，我再陪妳回去吧。」

我有點彆扭，別開了視線，「好，謝謝你。」

「妳很常加班嗎？」

姜祈突然地拋出了問句，迫使我看向他。我猜他可能是覺得電梯裡的沉默太過尷尬，才會隨便找個話題。

「算是吧，到月中之前都比較忙。」

他頓了頓，打量著我的眼神讓我有些不自在，總覺得方才被他握住的手腕，此刻也因他的視線逐漸升溫了。

我用另一隻手按住了手腕，「你不也這麼晚都還在嗎？」

「我每個月一般就加班個兩、三天，今天正好是其中一天。」

此時電梯到了一樓，我跟著姜祈走出電梯，看著他走到中控台前感應了識別證，接著按了數字七的按鈕。

原來，他知道我的辦公室位在七樓。

我還發現，姜祈的手很好看，是那種骨節分明又細長的手指。

一走進電梯，他忽然又問：「妳爲什麼加班得這麼頻繁？」

他到底是法務還是人資啊？哪來這麼多問題？

我忍住想吐槽他的衝動，耐著性子回答：「因爲工作做不完。」

「工作本來就是做不完的。」

「那還是得有人來做，不然要放任它開天窗嗎？」

「但我聽說妳是部門內最常加班的人，難道只有妳在乎有沒有人做嗎？」

「我只是想把該做的事做好。」

「過度有責任感只會讓自己很累而已。」

我今天實在是太疲憊了，想到待會要加班，現在還得聽他說教，就很不悅。

可畢竟我現在有求於人，所以我沒有答話，一直忍到他幫我解鎖了七樓辦公室的門禁爲止。

「謝謝你幫我，之後再請你喝飲料作爲答謝，不過該說的話我還是想說清楚。」一碼歸一碼，該謝他的部分我不會欠他，但不代表他能對我的工作指手畫腳，「可以準時下班的話，我也想準時下班，但每個職位都有它的難處，你也不清楚我們部門的事，應該還輪不到你來評論我的工作態度吧？」

「祝你下班愉快，再見。」朝他點頭致意後，我帥氣地轉身走回位子，同時在心底讚美自己做得好。

雖然沒看清姜祈臉上的表情，但想必不會太開心吧？誰叫他要在我週一症候群特別嚴重的時候惹我，活該！

多虧了剛才的插曲，我氣都氣飽了，也懶得再下樓買晚餐，索性直接開始工作，趕快做完趕快回家吧。

看了幾分鐘的電腦之後，我起身去了趟廁所，回到座位時，卻看見了意料之外的東西。

只見一個飯糰和一瓶芭樂檸檬綠茶安靜地躺在我的辦公桌上，旁邊還貼著一張便條紙。

抱歉，但我不是那個意思。——姜祈

我滿訝異他居然主動道了歉，同時也不明白這兩樣東西出現在我桌上的緣由。是因為我剛才說要下樓買點吃的，他才繞進便利商店買了這些，又特地上樓拿給我嗎？

想起姜祈剛才跟我說的話，我不禁懷疑他是在關心我，儘管在我聽來那一點都不像是關心。

我拿起那張便條紙，仔細地看了看。姜祈的字很好看，隨意的筆法中，帶了點堅勁的筆觸，和他這個人的風格也挺像的。

不過，紙條上的這句話讓我感到有點熟悉⋯⋯

啊，大學時圖書館外的那次對話，他同樣也惹得我不快，事後才請我室友轉達，他不是那個意思。

「既然要送晚餐，也不會送好一點的⋯⋯」我喃喃自語。

抱怨歸抱怨，但只有我自己清楚，嘴角邊藏不住的笑意是因為什麼。

姜祈這個人，好像也沒有想像中那麼討厭嘛。

當我想跟姜祈道謝時，才發現自己沒有他的私人聯繫方式，本想著下次遇到他再說，卻又因為繁忙的工作，使我將這件事暫時拋在腦後。

那天之後，我沒有再碰見他，等再次有交集時，又是因為公事而起了爭執。

「簽核不通過是什麼意思？」我又氣又急地抱著筆電，快步衝到姜祈的辦公桌前，指著電子簽核系統的頁面。

姜祈不慌不忙，用原子筆指了指頁面下方的欄位，「簽核意見寫得很清楚，兩方的合約用章不一樣，妳申請的是公司大小章，對方公司蓋的是大章跟發票章。」

「我在附註寫了，他們會重新用印，我只是想在新合約寄過來之前，先跑公司內部的用印申請流程，這樣比較有效率。」我抽走他手裡的筆，指著附註欄，「這裡不是寫了，我會再抽換合約，請法務部先不要核閱嗎？」

「那就等妳收到新合約再重新跑流程。」

我快急瘋了！這個人為什麼這麼不懂得變通啊？

「你知道這一來一往要多久嗎？」

「那妳知道合約一旦有變動，理論上就應該重新陳核嗎？」

「合約內容又沒有變，變的只有印鑑！」

「那就是變了。」

努力說服姜祈時，我依稀聽到一旁法務部的同仁在竊竊私語。

「那是行銷部的譚子芯？」

「她跟姜祈是不是不合啊？」

「好像是，前兩週不是才吵了一架嗎？」

我一度想糾正他們，不是「好像」，是「就是」不合！

姜祈看上去不是鑽牛角尖的性格，爲什麼對工作上的細節這麼偏執啊？還是這就是法律系的人的通病？

我接著又跟他解釋了好一會，告訴他我們公司的簽核系統究竟有多麻煩，要重新審核得花多少時間，並再三保證等對方公司將新合約寄回來，我會逐字逐句比對，也會將新合約掃描上傳至系統，若到時有問題再退件也不遲。

然而，姜祈卻鐵面無私地堅持道：「審核合約是我們法務的工作，妳只需要等收到新合約後，再重新開始簽核流程就好了。」

我前陣子可能是加班加到頭腦不清楚，才會覺得姜祈沒那麼討人厭！

看樣子他是鐵了心要卡我的用印申請流程了，審核合約確實是法務的權限，只要他說一句不通過，我再怎麼不甘心，都只能接受這個結果。

我咬著唇，滿是怨念地看了他一眼後，默默轉身走向樓梯間。

回到座位，我將筆電推到一旁，頹喪地趴在桌上，想著接下來該如何處理這份合約。

這時，桌上的座機響了起來，我保持著趴姿，伸出左手將話筒拿近，「喂，您好？」

「我是姜祈。」

我愣愣地抬頭，第一個反應是他打錯分機了，畢竟過去從沒接過他的電話。

「你找誰？」

「找妳。」

「應該不是要跟我說，你願意修改簽核意見了吧？」我沒好氣地說道。

「確實不是。」電話另一頭的姜祈輕笑出聲，「月中了，妳今天應該不用加班吧？」

「原本是不用啦，但因爲某人退了我的文件，現在不好說了。」反正他也看不見我的表情，我便大膽地隔著話筒對他翻了個白眼。

「既然妳今天不可能重新送簽，不如就準時下班吧。」

他回得可眞順，也不想想是誰害的。

我還在記仇，故意酸他一下：「管理出缺勤現在也是法務的工作了嗎？」

「倒也不是，我只負責管行銷部同事兼校友的出勤狀況。」姜祈的聲調聽起來很輕快，好像不怎麼介意我的敵意，「一起去吃晚餐嗎？總覺得妳對我有些誤會，我想解釋一下。」

我一怔，因而錯過了回答的時機。

令我訝異的不只是他向我發出晚餐的邀約，還有前面那句有些親暱的話。

我很快回過神，自然地答道：「可以啊，剛好要報答你之前幫我刷門禁卡的事，就勉強容忍你的越權管理吧。」

姜祈似乎是在憋笑，「那妳想想要在哪裡報恩吧，待會下班公司樓下見。」

走出公司時，我驚喜地發現天色居然還亮著，才意識到準時於六點下班，對我來說是多麼難得的一件事。

天空被餘暉染成了粉橘色，和不遠處如棉花糖般蓬鬆的雲朵相映襯，美得宛如一幅水彩畫。

眼前的美景牽動了我的嘴角，我忍不住揚起微笑，拿出手機，想將這片天空留下來。

「準時下班見到的夕陽，好看吧？」

剛拍好照片，我就聽見一旁傳來了姜祈的聲音。

他從口袋裡掏出手機，「妳剛剛拍的照片也傳給我吧。」

「你不會自己拍喔？」面對姜祈，我總是有點逆反心理。

「我懶。」他理直氣壯地答道，「而且我不是沒有妳的聯繫方式嗎？順道加個LINE好友吧。」

我這才後知後覺地發現，要照片只是幌子，加LINE才是姜祈眞正的目的。

藏不住臉上的笑意，我索性俏皮地對他笑了笑，故意逗他：「那如果我說不要呢？」

姜祈的眼中閃過一秒的愣怔，儘管他很快就恢復鎮定，但我還是發現了。

「妳應該知道我多的是辦法能拿到妳的LINE吧？還是妳就喜歡我用辦公室電話打給妳？」他似笑非笑地說。

我白了他一眼，「你怎麼不乾脆用公司Email聯繫我算了？」

最後，我們當然還是成爲了LINE好友。

但我絕對不會讓姜祈知道，我很開心他能主動表示要加LINE，因爲我也想這麼問很久了。

我帶姜祈去了一家我很喜歡的日式居酒屋，這裡的價格合理，餐點也很美味，在八點之前，還有Happy Hour的活動，每天會有不同的酒類限時半價，因此店內聚集了許多下班後來紓壓的上班族，我跟筱旎也來過幾次。

啤酒一送上桌，我迫不及待地一連喝了好幾大口，才過癮地放下酒杯。

果然，早晨的第一杯咖啡和下班後的第一口啤酒，對於上班族來說，都是續命等級的必需品啊！

「妳是把酒當水喝了？」姜祈瞥了我一眼，眼角含著笑。

和我的豪邁飲法相比，他一小口喝完才喝下一口的樣子，看起來優雅很多。

「啤酒就是要這麼喝才好喝啊。」我反駁道，同時想起自己忘了一個很重要的步驟。

「儀式感不能少。」我邊說邊舉杯，接著輕輕敲擊了一下他的酒杯，「慶祝今天能提早下班，乾杯吧！」

「六點下班叫做正常時間下班好嗎？」姜祈的眼中閃過了一絲笑意。

「對吼。」我不禁有些悵然，我究竟爲什麼會把生活過到只剩下工作啊？甩甩頭，我不再繼續多想，準備將杯中的啤酒一飲而盡時，姜祈突然伸手攔住我，「妳別喝那麼快。」

我眨了眨眼，一度很想問他是不是在擔心我，卻還是忍了下來，抿了幾口酒便放下杯子。

「所以你白天說想解釋的是什麼事？」爲了填補餐點送上來前的空白，我主動開了話題。

姜祈沉默了數秒才緩緩開口：「妳好像很容易誤解我的意思。」

「有嗎？」

「之所以退妳的合約，不是要找妳麻煩，我只是在做我的工作。」他專注地看著我的眼睛說：「我知道行銷部有時間壓力的時候，已經很習慣先跑流程再抽換合約了，但前人的作法沒出過問題，不等於就是正確的。既然這份合約的負責人是妳，之後要是有什麼問題，需要負責的人也是妳，以及審合約的法務。我的職責就是要避免具法律效力的合約有任何造成公司損失的可能性，希望妳能理解我們並不是敵人，只是立場不同、在意的點不同罷了。」

我沒想到姜祈會如此認真地解釋，頓時有點心虛，因為誠如他所說的，他只是在做他該做的事。

或許真正公私不分、因為往事而遷怒的人，其實是我吧。

我抿抿唇，覺得自己欠姜祈一個道歉，畢竟他會這麼慎重地向我解釋，應該是因為我對他的態度差到他都發現我的怨念了。

「還有上次在電梯遇到妳的事，我不是想對妳的工作指手畫腳……」他頓了頓，像是在字斟句酌，「只是妳當時的氣色看起來不是很好，也常聽說行銷部的人總是加班到很晚，我是真的覺得不需要為了工作做到這個份上。」

我忽然意識到，原來當時那些激怒我的話語，其實全是姜祈隱藏在說教底下的關心。

「我——」剛準備開口說點什麼，服務生卻剛好在此時送餐，打斷我的話。

待服務生送完餐要離開時，我出聲叫住他，表示要再續杯啤酒，畢竟有些難以啟齒的話，需要透過酒精壯膽才能說出口。

一直等到盤中的炒烏龍麵都快吃完時，我才重新接回了剛剛的話題，「我覺得我好像該跟你說一聲抱歉。」

聞言，姜祈停下了手邊的動作，抬頭看我。

「我承認我之前確實認爲你在刻意刁難、找我麻煩，而且覺得你們學法律的人眞的很囉唆。」

「妳是在趁機罵我嗎？」

我沒有回應他的話，繼續說道：「抱歉，是我誤會你了。雖然不保證下次不會再因爲公事跟你起衝突，但我會盡量同理你的囉唆……我是說難處。」

我盡力了，這件事是我的錯，但要向姜祈承認我的錯誤，對我來說還是很難。

「妳確定妳是在道歉？」

「說了抱歉就是道歉啊。」我硬是狡辯。

「不過妳誤解我的，可不只是這幾件事。」

「嗯？」

「大一時，我們在圖書館外見過一面，妳還記得嗎？」

怎麼可能不記得？我記得太清楚了。

我表面上按兵不動，打算聽聽看他想說什麼，再決定要不要承認。

「當時我不是在嘲笑妳，只是訝異妳竟然會對舞會傳說感興趣。」姜祈慢條斯理地喝了一口酒，才接著說：「跟我想像中的妳有點落差。」

「你這麼解釋，還不如別解釋咧。」事到如今，也不必否認我還記得相認時留下的壞印象了，「我該說『抱歉，我不符合你想像中的樣子』嗎？」

「就說我不是這個意思。」

姜祈擺出了一個無辜的表情，彷彿在說「看吧！妳又誤會我了」。

「該怎麼說呢……」他撓了撓頭，微微蹙眉，「其實那次見面之前，我在學校裡看過妳幾次，也聽說過妳，總覺得妳是比較理性的人，所以我以為妳會對校園傳說這類的迷信嗤之以鼻。」

看著姜祈努力解釋的模樣，我心中的怨氣消去了一大半，放軟了語氣開口：「我是嗤之以鼻沒錯，也沒有很想要打聽你的事，好奇的人是我的室友，所以被你那麼說才會格外不爽。」

「怎麼感覺妳面對我的時候，特別容易不爽？」

「可能是印象不好，積怨已久吧。」或許是微醺的關係，我沒有否認，甚至還不自覺地朝他笑了笑。

「這麼坦率地承認了？」姜祈挑了挑眉，「那妳要不要順便承認，妳大學時就是在跟我競爭獎學金？」

「那你還眞是想多了，競爭得要我有刻意去做好嗎？你這麼執著於這個問題，我會懷疑你輸不起。」已經否認過的事，我才不會傻到改口。

「我本來其實沒太在意那個獎學金。」姜祈輕笑了幾聲。

我不願過度解讀，卻又不禁開始揣測他的言外之意。姜祈這句話的意思，難不成是他本來沒有很在意獎學金，直到發現我搶走他的第一名，才因此開始在意？

我沒有問出口，只是默默將這個疑問放在心底，而埋藏在那些疑問之下的，還有些許的竊喜。

走出居酒屋後，姜祈原本說要攔一輛計程車陪我回家，被我婉拒了，因爲我不願欠他人情。

「那我也搭捷運吧，順道和妳一起走到捷運站。」他沒有因爲被拒絕而不高興，只是自然地換了種方式送我。

「關於今天那份合約……」走著走著，姜祈突然開口，「看在時間緊迫的份上，我這次就睜一隻眼閉一隻眼。妳可以請對方公司提供修改後的合約掃描檔讓我這邊先確認，沒什麼問題我就撤回原本的簽核意見，等收到紙本合約，我會確保法務部的簽核能在一天之內完成。」

我震驚了，不敢相信自己聽見了什麼，爲什麼一頓飯之後，他突然變得這麼好說話啊？

「你是喝醉了才隨口答應要幫忙的嗎？」我邊調侃他，邊觀察他的表情，「你早上看我在那邊著急，都沒和我說可以這樣做耶。」

姜祈瞥了我一眼，「我沒醉，而且會隨口答應的人應該是妳吧。」

「什麼？」

「是誰說要請我喝飲料的？」

我這才恍然大悟，他指的是之前加班遇見他的那晚，走進辦公室前我對他所說的話。

原來姜祈這麼會記仇嗎？那該不會……

「你退我合約該不會其實是為了這件事吧？」我瞇眼盯著他看。

「若是想讓妳主動來找我，這應該是最快的方式。」姜祈大方地承認。

「你這是公報私仇！」我不滿地瞪了他一眼，「是誰說他駁回我的用印申請只是在做他的工作？」

「是妳食言在先，我這是非常事件用非常手段。」姜祈厚臉皮地回嘴。

「呵，狡辯。」

「所以妳還想不想讓我先幫妳看合約掃描檔？」

雖然很屈辱，但猶豫了很久後，我還是妥協了，「想。」

姜祈很突兀地別過頭，從他微微抖動的肩膀，我敢斷言他絕對是在偷笑！

「你笑什麼笑啦？」我氣急了。

「抱歉，但妳那副壯士斷腕的模樣，實在很有趣。」姜祈回頭看我時，依然在憋笑。

「你再笑下去，我明天就要去找人資投訴你職權騷擾。」

聽到我這麼說，姜祈反而笑得更開懷了，他是變態嗎？

我冷哼一聲，「還說我跟你想像中的有點落差，我看你落差才大吧！」

「怎麼說？」姜祈總算收起猖狂的笑臉，饒有興致地看著我。

「我以為你是比較理性的人，沒想到你其實超幼稚，小心眼又心機重。」我故意學他先前的說法，打算反將他一軍。

「論小心眼，妳也不遑多讓吧？妳不覺得某方面來說，我們兩個還挺像的嗎？」

「誰跟你——」

我反駁的話還沒說完，就被姜祈打斷，「捷運站到了，妳進去吧。」

「然後你就要搭計程車回家了嗎？」

「對啊，所以妳一開始就答應搭計程車不就好了？」姜祈聳聳肩，理所當然地說，「我先走了，公司見。」

說完話，他便轉身走向計程車等候區。

「那我是不是該謝謝你的雞婆？我又沒叫你送我。」我衝他喊道。

「不客氣。」儘管姜祈沒有回頭，卻還是揮了揮手。

什麼跟什麼啊？怪人！

或許，奇怪的不只是姜祈，還有即使心裡覺得他莫名其妙，卻又控制不住嘴角上揚的我。

晚風輕輕拂過我的臉龐，空氣中瀰漫著屬於夏末的清新氣味。

夏天快要過去了，而我和姜祈遲來的相遇，才正要開始書寫新的篇章。

第二章　被遺落在原地的你

今天是要幫筱旎搬家的日子，我因此難得在週六早上定了鬧鐘，七點半就起床做早餐、泡咖啡。

吃完早餐後，我換了一套比較方便活動的休閒運動套裝，將頭髮紮成馬尾，準時在八點半下樓。

下樓後，只見筱旎雙手抱胸，站在一輛銀色箱型車旁，見到我便低頭看了一眼手錶，「來啦？還以爲妳會再賴一下床呢。」

「妳那麼凶，我哪敢啊？」我故意取笑她，「氣勢洶洶地站在箱型車旁，遠看還以爲妳準備要綁架誰呢。」

筱旎嘖了一聲，「妳是懸疑片看多了吧？」

我左顧右盼，卻都沒看到預想中的那個人，忍不住問了一句：「妳弟呢？」

「去幫我們買早餐了。」

「妳還眞會使喚弟弟。」

「這不就是弟弟存在的意義嗎？」筱旎一臉理所當然地回道，「啊，小俊回來了。」

我順著她的目光，轉過身便看見許久未見的程杭俊，筱旎的弟弟。

「遠遠就能聽見妳那變態的女王病發言。」小俊白了筱旎一眼。

「你這是對姊姊該有的態度嗎？」筱旎凶巴巴地拍了他的背。

我忍不住笑出聲，頓時吸引了姊弟倆的注意力。

「很久沒近距離觀賞你們的互動了，沒想到還是一樣有意思。」

「觀賞個頭啦！妳以爲我們家開動物園？」筱旎瞪人的表情和剛剛小俊翻白眼的樣子簡直如出一轍，不愧是姊弟。

「低血糖就趕快吃早餐，別再亂發脾氣了。」小俊塞了一袋水煎包到筱旎手裡，接著也朝我遞了一袋，「這是妳的。」

我愣了愣，「我吃過早餐了。」

小俊沒說什麼，但我還是清晰地捕捉到他臉上難掩的失望，於是不忍心地打圓場，「給我吧，等等搬東西搬累了我再吃。」

然而，我伸出去要接塑膠袋的手卻不小心誤觸到他的指尖，我下意識趕緊縮了回來。

見狀，小俊勾了勾嘴角，表情不比剛才好看，直接拉過我的手，強勢地將塑膠袋掛在我的手腕上。

我嚇了一跳，卻還是強裝鎮定向他道謝，他也只是點了點頭，沒有多說什麼。果然就如同我先前預想的，一旦再見面，除了尷尬也只剩尷尬。

筱旎似乎沒注意到我和小俊之間的異樣氛圍，很快地吃完水煎包後，便催促我們趕快開始搬東西，她想要速戰速決。

她租的那一戶本來就有附帶家具，只需要打掃一下，把日常用品搬進去就可以住了。

我本以爲很快就能搬完，直到打開後車廂，隨意翻看了幾個箱子，我才發現我錯估了筱旎對於日常用品的定義。

「程筱旎，妳可以告訴我，妳爲什麼需要三個時鐘嗎？」

「我和小俊房間各一個，客廳一個，剛好三個啊。」

「那這一大箱娃娃是怎麼一回事？」

「放在家裡怕積灰塵，乾脆就都帶來了。」

「妳是把妳家所有電器都搬來了嗎？爲什麼光是料理用的電器就可以放兩箱？」

「這是工作需求，在家也要研究店裡的新菜單啊。」

我轉頭看了小俊一眼，他也正好看向我，對我擺出了無可奈何的表情。

「這裡總共十五個箱子，請問妳一個人占了幾個？」

筱旎掰著手指，數了一下，「五箱是公共空間的物品、小俊三箱……喔，有七箱是我的。」

「我眞的……」我極力壓抑著想罵她的衝動。

「好啦，妳別氣了，趕快搬完，今天午餐我請客，下午再請妳吃鬆餅。」一見我變臉，她有點心虛地安撫道，「我上去打掃一下，你們十分鐘後再搬東西上來，重物都讓小俊幫妳拿，妳只要幫他開門就好了。」

說完話，筱旎一溜煙地跑上樓。

我被氣笑了，瞬間忘了方才的尷尬，側過頭對小俊說：「這誰的姊姊啊？」

「我其實不是很想承認，還是說送妳好了？」

「送人東西是要送禮物，不是送麻煩好不好？」

一起吐槽了幾句後，我和小俊相視而笑，卻又在下一秒不約而同地感到尷尬。

「最近還好嗎？」爲了緩和氣氛，我故作從容地問起他的近況。

「我的近況我姊應該都跟妳提過了吧。」小俊的臉色一沉。

我頓時覺得有些難堪，既然他連閒話家常的過程都想省略，那我也不想再強行尬聊了。

「前陣子退伍了，之後會去甜橙工作。」小俊突然開口。

我抬頭看向他，但他卻將頭微微偏過去，令我看不清他的表情。儘管如此，憑著我對他的了解，估計他是覺得自己剛剛的反應過分了，彆扭地在找話說吧。

「嗯，筱旎有說過。不過你怎麼會突然決定去幫她的忙？不怕你爸媽氣炸？」

「不是突然決定的。」他緩緩回過頭，輕聲說，「我在找工作的時候，程筱旎問我要不要跟她一起創業，我思考了很久……」

「然後就被她糊弄了？」我開玩笑地問。

「可能是吧。」小俊笑了笑，「但主要也是我想藉著這個機會磨練一下。」

「跟筱旎一起工作搞不好真的是磨練喔。不過，我其實還滿佩服她的，創業不是一件容易的事，但開業沒多久，她就已經把甜橙經營得有模有樣了，之後有你的幫忙，她應該就能稍微喘口氣了。」

我們就著甜橙的話題又隨意聊了幾句後，小俊突然說：「抱歉，我剛才的態度不是很好。」

我沒料到他會道歉，訝異地看著他。

「我只是希望……」小俊停頓了幾秒，吞了吞口水，才接著說話，「妳面對我的時候，不要總是這個樣子。」

「什麼樣子？」

他靜靜地看著我，「只差沒把愧疚二字刻在臉上的樣子。」

第一次見到小俊，是我初次去筱旎家拜訪的時候。

那年，我和筱旎是正準備考大學的高三生，小俊則是即將升上高中的國三生。我們原本要去市立圖書館準備隔天的模擬考，但那天的圖書館擠滿了人，根本找不到位子，因此筱旎才會提議去她家念書。

和溫柔的程媽打過招呼後，筱旎領著我準備上樓，正好碰見剛到家的小俊。

「子芯，這是我弟，程杭俊，叫他小俊就好了。」筱旎跟我介紹完，轉頭對小俊說：「這是我的好朋友，譚子芯。以後得把她當姊姊我那樣尊重，知道嗎？叫一聲子芯姊來聽聽。」

小俊看了我一眼，眉頭微蹙，很快又側過頭面向筱旎，滿臉不悅地道：「妳是神經病犯了，還是女王病犯了？快去吃藥。」

空氣安靜了幾秒，最後是我沒忍住的笑聲劃破了沉默。

原本被嗆得愣在原地的筱旎，因此回過神來哇哇大叫：「喂！你這是對姊姊該有的態度嗎？是不是欠教訓？」

「懶得跟妳辯，我要回房間了。」

「你別想走喔，我話還沒說完。」

「我跟妳無話可說。」

我就這麼被他們姊弟倆的互損場面逗得笑個不停，直到他們吵累了爲止。

等複習完，我差不多要回家時，筱旎又再次對小俊下了指令，「小俊，你負責送子芯去公車站牌。」

「不用麻煩了啦。」我趕忙拒絕，就怕惹得小俊不快，「而且要送也應該是妳送吧？程筱旎，我不是妳的客人嗎？」

「因爲我懶惰，而且弟弟就該聽姊姊的話。」筱旎回道，儼然一副家中小霸王的模樣。

出乎我意料的是，小俊並沒有拒絕，只是淡淡道：「走吧。」

和他並肩走在人行道時，我才發現還只是國中生的小俊，身高居然比作爲高個女孩的我要更高一些。

「你跟同齡人相比，應該算挺高的吧？我平時在學校常常要低頭看身邊的男同學，沒想到在你旁邊居然得微微抬頭。」

小俊轉過頭看向我，我不禁驚嘆於程家人的好基因，兩姊弟都是深邃的雙眼皮、大眼睛。

「妳身高多高？」

「一百六十八公分。」

「我一百七十二……目前爲止。」小俊的話裡透著隱隱的自豪，還強調了一下他的發育期還沒過。

我噗哧一笑，「萬一這就是極限了怎麼辦？」

「不可能。」

「身高這種事很難說的。」我故意逗他。

他不服氣地辯道：「那打賭嗎？我賭我能長到一百八十五。」

小男生就是小男生，對於身高的話題總是特別較眞。

「可以啊，要賭什麼？」

小俊歪著頭，思索了一番，「那就輸的人要答應贏的人一件事？」

我記得筱旎提過，程爸的身高好像是一百七十七公分左右，小俊要想長到一百八十五的難度應該還是有的，這樣看來我的贏面還算大吧！

「好啊。」我笑笑地應允。

由於跟筱旎一直很要好的關係，我和小俊多的是見面的機會，漸漸就熟絡了起來。筱旎老是要我多多使喚小俊，並叮囑他要把我當第二個姊姊照顧，我也因此理所當然地把小俊當成弟弟。

筱旎還說，小俊在想什麼都逃不過她的法眼，然而，她終究不夠了解他。

如果她眞的知道小俊在想什麼，就不會不明白爲何他從未用「姊」這個稱謂來稱呼我，還總是在我開玩笑說我們是乾姊弟時格外不悅。

也不會在後來她較為忙碌的時候，常常叫小俊代替她陪我，給我們製造了獨處的機會。

更不會導致我第一次有了必須得瞞著她的祕密——我和小俊曾經短暫交往過。

「子芯、小俊！你們可以把東西搬上來了。」

筱旎的呼喚聲打斷了我和小俊的對話，也制止了異樣的氣氛持續蔓延。

我仰頭朝樓上看，只見她正趴在三樓陽台的欄杆上看著我們。

「好，來了。」我朝她揮揮手，逕自走向箱型車開始搬東西。

我暫時不想談論剛才的話題，至少在筱旎面前不想，小俊應該懂我的意思。

「這幾個箱子太重了，我來吧。」

整個上午，我根本就沒幫上什麼忙，大部分的箱子都是小俊搬的，我還眞的就只是負責開門。後來在我的堅持下，他才勉強讓我搬了一個最小的箱子。

我們一直忙到接近下午三點才總算告一個段落。

「呼，搬家好累啊。」筱旎攤在沙發上抱怨。

我輕踹了她一腳，「妳累個屁？箱子都是小俊搬的，地也是他掃、他拖，我們兩個頂多就擦擦桌子跟櫃子吧。」

「小俊，午餐交給你煮嘍。」她不理我，又開始使喚弟弟。

「訂外送就好了，妳還眞會欺負妳弟。」我搶在小俊回話之前替他主持正義。

「我可以煮。」

我跟筱旎都沒想到小俊居然一反常態地沒反抗，甚至答應了筱旎無理的要求。

「不用啦，你已經做很多事了，這裡訂外送很方便。」

我點開外送平台APP，準備找一家之前吃過的中式料理讓他們點餐，怎料小俊竟然伸手蓋住了我的手機。

「我隨便煮點東西，很快的。」他邊說邊起身，沒走幾步又回頭，「但要跟妳借點食材，我們家冰箱是空的。」

「喔，好。」我愣愣地回話。

我領著小俊走到我家門前，準備轉開門鎖時才猛然想到，我好像很多天沒收拾屋子了。

「呃，裡面可能很亂，你等一下別嚇到。」

他挑了挑眉，「妳確定嚇得了跟程筱旎一起住了二十幾年的人？」

「那還眞的不好說。」我不禁笑道。

進屋後，小俊還是被嚇到了，但不是因爲我家的客廳，而是位於廚房的冰箱。

「連顆雞蛋都沒有，妳家的冰箱是用來裝飾的嗎？」

「最近比較少去超市。」

「妳確定是最近嗎？」

「所以我不是說訂外送就好了嗎？」我感到有點尷尬。

後來我們還是訂了外送，在筱旎他們家一起吃飯，慶祝他們搬進新家成爲我的鄰居。

相比小俊對於我家冰箱的震驚，在我家借住過的筱旎倒是很淡定，「她冰箱裡的東西常常都是我幫忙補貨的，我這幾天比較忙，冰箱就空了不是很正常嗎？」

姊弟倆開始你一言、我一句地吐槽我的生活品質很差、只知道忙工作、都沒有好好過生活，甚至下了個結論——我是生活白痴。

「你們兩個太浮誇了吧？」我忍無可忍反駁道：「我的工作是很忙沒錯，但偶爾也會自己煮飯，雖然我確實不擅長做家務，但我還是有在做啊！哪有像你們說得這麼糟？」

「好了，妳別說了。」筱旎擺了擺手，甚至自作主張地下了指令，「妳這種一忙起工作就廢寢忘食的生活模式，我早就看不順眼了，既然現在成了鄰居，以後我會好好照顧妳，妳懶得煮飯就來我們家吃，沒空吃飯我就讓小俊幫妳打包便當送過去。」

「等等，又關小俊什麼事了？」

「我不是說過了嗎？我弟就是妳弟，盡情使喚就好了。」筱旎一副女魔頭的架勢，轉頭對小俊說：「之後做飯就做三人份，有空也去幫子芯打掃、整理一下房子，知道嗎？」

我看向小俊，期待他會一如往常地拒絕屈服於筱旎的淫威，可沒想到他卻說：「知道了。」

我驚呆了，盟友跑票，我只能換種方式反抗，「筱旎，我知道妳是擔心我，可是眞的不用這麼麻煩——」

她迅速地打斷我的話，「不麻煩，我們什麼交情，不用跟我客氣。」

「妳不麻煩，我覺得很麻煩，而且我不想欠你們——」

「妳沒有欠，妳媽媽前幾天跟朋友來我店裡用餐，硬是塞了一個紅包給我，叫我盯著妳好好吃飯，我收了錢就得使命必達。」

媽，我還眞是謝謝妳咧。

藉口用盡，我一時想不到還能怎麼拒絕，只好暫且妥協，筱旎這才滿意地繼續吃飯。

我一邊發洩似的用筷子亂戳碗中的食物，一邊用哀怨的眼神瞪著小俊，恰巧對上他的視線。

小俊先是聳聳肩，像是在說他對筱旎也無可奈何，可下一秒我卻清晰地捕捉到他嘴角邊那抹沒憋住的笑意，儘管他馬上伸手半掩口鼻，我還是看見了！

我看不懂小俊的態度，更讀不懂他的想法，前女友住在隔壁還不夠尷尬嗎？筱旋搞不清楚狀況就算了，他幹麼答應她要照顧我？

我本以爲筱旋會因爲甜橙的工作而無暇顧及我，沒想到她還是想盡辦法地盯著我吃飯。

在我沒加班的日子裡，她只要一聽見我在家的聲音，就會立刻打電話來，喊我過去吃飯，我要是裝死不接電話，她便會指使小俊來按我家的門鈴；若是我因爲加班而很晚回家，那就會收到小俊親自送來的便當。

「你應該也覺得很煩吧？只要你不配合程筱旋，她應該很快就會嫌麻煩，不想管我了。」

拿了幾次便當後，我怪不好意思的，攔住了正準備離去的小俊，小聲地慫恿他跟我一起反抗筱旋。

誰知道小俊卻一臉無所謂的樣子，「我沒覺得煩。」

「不是啊，就算不煩，你不覺得這樣有點——」意識到差點將「曖昧不清」這幾個字說出口，我及時改口：「總之，你們眞的不用特意關照我，我可以照顧好自己。」

小俊看了我一眼，一副想說什麼的樣子，猶豫了片刻後卻只說：「看起來不像。」

「啥？」

「沒事，我回去了。」話說完，他就頭也不回地離開了。

這種情況持續了幾週，就在我眞的快被程筱旎煩死，也快被見到小俊時的窘迫給尷尬死的時候，我靈機一動想到了解決辦法。

「晚上要一起去吃飯嗎？」

「今天颳的是什麼風？」

求救訊息才傳出去沒幾分鐘，很快就收到了回覆，看來姜祈也正在摸魚。

「哪來這麼多話？到底吃不吃？」

「……這麼凶。這到底是晚餐還是鴻門宴的邀約？」

儘管文字訊息大多看不太出情緒，我仍舊被姜祈字裡行間透著的委屈給逗笑了，隔著螢幕都能想像出他讀訊息時的無語表情。

後來我和姜祈還是一起去吃了晚餐，也因爲這次經驗，我發現只要我說和同事一起吃飯，再將拍好的食物照片傳給筱旎，她就不會再逼我去他們家吃飯了。

因此自那以後，我和姜祈時不時會在下班後一起去吃晚餐。

我的目的很明確，而姜祈估計是太閒了吧。

起初是某一方在LINE上發出晚餐邀約，後來則是自然而然成爲一種默契，在我不用加班到太晚的日子，我們就是彼此的飯友。

不得不承認學務長當初的牽線很明智，同一間公司有這麼一個校友存在，確實是挺好的。

因爲是同事，提起工作現況、公司八卦，對方很輕易就能理解，不需要解釋太久，再加上是校友，比普通的職場關係要多了一層信任感，談及大學時代共同熟知的人事物也很有共鳴。

雖然在公司時，姜祈還是時不時惹怒我，我們依然常常意見不合，但最後總能在飯桌上通過理性討論取得共識。

這樣的互動方式，我們都沒有特別讓身邊的同事知曉，卻也沒刻意隱瞞，只是在大家看來，行銷部的譚子芯和法務部的姜祈就是水火不容，自然不會聯想到我們私下會有交集。

每當有人調侃我和姜祈個性不合時，我們總會默契地應和：「對，我們就是看對方不順眼。」

我們一致認爲，解釋眞的太麻煩了，就隨他們繼續誤會吧。

♥

「子芯，妳在家嗎？」

週六夜晚，當我正賴在沙發上追劇，享受悠閒時光的時候，突然收到了筱旎的訊息。

「我有沒有出門，妳不是都聽得見嗎？」這是之前我不想去她家蹭飯、假裝不在家時，她告訴我的。

「妳忘了我這兩週回家住了嗎？而且我現在還在店裡忙，聽個屁。」

程家姊弟搬出來沒多久，程媽就因爲思念兒女，漸漸改變態度，不再和程爸站在同一陣線。前陣子，程媽偷偷來探望他們時，筱旎趁機賣慘，惹得程媽心疼到差點哭了。

有了程媽的幫忙，程爸那一關就容易許多，再加上兩人光顧了幾次甜橙，發現筱旎和小俊確實把餐廳經營得很好，生意很好不說，甜橙現在更是成了打卡名店，程爸、程媽也因此開始認同他們創業了。

得到了父母的支持後，筱旎很快就對獨立生活這件事感到厭倦，越來越常跑回家住。

明明家務都是小俊在做，還總嚷嚷著回家當爸媽寶比較輕鬆，不得不同意她還眞如小俊所說的有女王病。

「我在家啦。妳要幹麼？」我不耐煩地回覆。

「小俊好像生病了，今天請假沒來店裡幫忙，妳能不能幫我去看一看？」

我跑到相隔兩戶的白牆邊，貼在牆上想聽聽隔壁的動靜，卻什麼也聽不見。

「妳不能回家看一下嗎？那是妳親弟弟欸。」

雖然有點擔心小俊的狀況，但大晚上的，孤男寡女獨處不太好吧！更何況我們的關係又很尷尬。

「妳不知道週六晚上生意特別好嗎？我哪走得開。」

我還在猶豫時，筱旎又補了一句：「他要是暈倒在地，因爲妳沒去而錯過急救時間，妳良心過得去嗎？」

好啊，這人還對我情緒勒索！

原本想無視她繼續追劇，可是小俊臉色蒼白倒地的畫面，卻不斷在我的腦中自動放映。

當我被煩到終於受不了時，才闔上筆電，套了件外套，拿著手機、錢包和鑰匙走出家門。

程筱旎這個臭沒良心的，她自己都過意得去，我爲何要過意不去啊？

前男友生病，前女友因故過去照顧他……這怎麼想都是十年前的老套少女漫畫劇情吧？

我一邊腹誹，一邊走到隔壁按電鈴，沒過多久門就被打開了。

只見身著家居服的小俊，臉色微紅，額上還有尚未拭淨的汗水，一開門見到是我，神情顯得有點困惑。

「筱旎說你生病了，叫我過來看看你。」我趕緊解釋，邊說邊打量著他，「但你看起來……好像沒什麼事？」

「退燒了。」

我原本想著那應該沒我的事了，可是他忽然猛咳了幾下，我只好說：「我可以進去嗎？你再量一次體溫，確定你沒發燒我再走。」

「我眞的退燒了。」

「這樣我比較好向筱旎交代，你也知道她碎碎念的樣子有多可怕。」

小俊沒再拒絕，向後退了一步，讓我得以進入屋內。

他表示要進房間量體溫，讓我先在客廳坐一下。

因爲筱旎最近不在家的關係，我有好一段時間沒過來了，隨意地環顧四周才發現，小俊將屋子整理得更乾淨了，應該是把筱旎的雜物都堆回她房間裡了。

「三十六點八，沒發燒，妳可以回去了。」小俊走到我的身邊，將體溫計遞給我看。

「剛退燒還是謹愼一點吧？你們家有感冒藥和運動飲料嗎？還是我現在去幫你買？」

看著小俊泛著潮紅的臉頰，我沒多想便伸出手想覆上他的額頭，不曾想他居然抓住了我的手腕。

「別把我當小孩。」他不滿的神情和這句似曾相識的話，勾起了我的回憶。

一瞬間，眼前的小俊和當年在雨天的公車亭吻我的身影，重疊在一起。

時值盛夏，我和筱旎剛升上大四，小俊則是正準備要上大學。

筱旎因為實習的關係，常常在和我約好的前十分鐘才說有事來不了，又為了顯得不那麼缺德，而叫小俊代替她赴約。

「反正他在放暑假，現在也沒有升學壓力，妳就把他當成不可愛版本的我，想做什麼就帶上他，盡情使喚不要客氣！」

看著眼前面無表情的小俊，我壓低聲音對電話另一頭的筱旎氣憤地道：「程筱旎，妳怎麼就不敢承認妳放我鴿子呢？」

「唉呀，這怎麼叫放鴿子？我只是本尊走不開，改派我的分身過去嘛！欸，不跟妳說了，我要先忙了。」

掛斷電話，我無奈地對小俊說：「這麼無理的要求，你怎麼就不懂得拒絕？」

「反正在家也無聊，出來晃晃。」小俊別開眼回道。

我看不見他的表情，因此才沒發現，他究竟是抱持著什麼樣的心情出現在我的面前。

這樣的情況重複了幾次之後，我漸漸習慣了小俊的陪伴。他會陪我去圖書館念書，陪我待在社聯會辦公室發想活動企劃，也會時不時騎車接送我往返學校和家裡。

起初我沒有多想……至少，我說服自己不要多想，就把小俊當成弟弟，他對我的好都是因爲筱旎的吩咐。

我們之間的關係產生變化的那一天，我在社聯會辦公室忙了一整個早上，小俊一聽說我錯過了吃飯時間，便自告奮勇要送午餐給我。

一打開便當盒，裡頭裝著的是我愛吃的那家海鮮燴飯，我樂開了花，高興地向小俊道謝。

他先是微微一怔，接著低聲笑了，表情透著些許的溫柔。

忽然，辦公室的門被推開了，一個三年級的學妹走了進來。

她看到我後，先是有點訝異，接著目光轉向一旁的小俊，露出錯愕的表情，

「子芯學姊？妳今天怎麼會來學校？他、他是……」

我擔心她誤會，更擔心待會社聯會的群組就會開始出現調侃我的訊息，趕緊解釋：「假日辦公室的人少點，比較清靜，我想趁今天把會議計畫書寫好。他是我弟啦，來送午餐給我。」

乾弟弟也算弟弟吧！我不想越描越黑。

學妹這才斂起了八卦的神情，和我寒暄了幾句後，拿起她留在辦公室的書便離開了。

還沒來得及鬆一口氣，我就聽見一旁傳來小俊冷冷的聲音：「我什麼時候變成妳弟了？」

「我只是怕學妹誤會，而且對我來說你確實就像弟弟一樣親啊。」

「我可從來沒把妳當成姊姊過。」他冷笑一聲，拿起背包就往外走，離開時還順帶關上了門。

我愣在原處，還搞不清楚他生氣的原因，便又聽見了開門聲。

只見冷著臉的小俊，默默坐回他剛才的位子，「妳有帶傘嗎？」

「沒有。」我搖了搖頭。

「下雨了，等妳忙完，我送妳回去。」他拿出手機和耳機，打開遊戲介面，沒有看我。

這就是小俊，從來就沒能真的對我狠下心的小俊。

事情處理得好不容易告一段落時，已經下午三點多了。走出活動中心的時候，雨還在下，看起來一時半會是不會停了。

小俊撐開了傘，「雨太大了，我送妳去搭公車吧。」

「那你呢？」

「我總要把車騎回家吧。」他淡淡地笑了笑。

走到公車亭之前，我們誰也沒有說話，就只是沉默地走在雨中。

小俊收傘時，我才發現他右半邊的衣袖溼了一大片，再低頭看看自己近乎乾爽的衣服，一個荒唐的猜測在我心底油然而生。

夏季的午後雷陣雨總是伴隨著悶熱感，令人格外焦躁又有些無所適從，總覺得該說點什麼，才能讓當下的尷尬不那麼難受，於是我說：「小俊，你在生氣嗎？」

他沒有答話，只是靜靜地望著我。

「好嘛，你可能不是很喜歡被當成弟弟的感覺，畢竟筱旎總是用這個身分壓榨你……」

「譚子芯。」

「嗯？」

我抬起頭看向小俊，他卻突然俯首吻了過來，我就這麼迎上了他溫熱的唇。

我驚愕地瞪大了雙眼，都還沒來得及推開他，他便率先撇開了頭，眼底滿是隱忍的情緒。

「別把我當小孩。」小俊勾起了嘴角，自嘲地笑了笑，「對我來說，妳從來就不是我的姊姊，而是一直喜歡的女生。」

我有許多拒絕小俊的理由，也可以乾脆用打哈哈的態度帶過去，可是面對他認真的態度和堅定的眼神，一時之間我居然無法移開目光。

於是在那場雨停以前，我和小俊在一起了。

這是一段我未曾想過的戀情，更沒想到它竟宛如夏日煙火一般，如此地短暫。

他說了開始，而我喊了停，所以我才會難以放下對他的愧疚感。

小俊的咳嗽聲打斷了浮現在我腦海中的回憶。

見他還是斷斷續續地在咳嗽，我決定不計較他剛才的拒絕，耐心地對他說：「你吃過飯了嗎？我幫你煮點粥吧？」

「妳？煮粥？」

什麼嘛！他說這話是在瞧不起我嗎？我惱羞成怒地說：「我的廚藝是沒有你好，但煮粥有什麼難的？」

小俊愣了愣，接著才補充：「我這幾天都沒去超市，冰箱狀態跟妳家的差不多，妳那裡應該也沒什麼食材吧？」

呃，原來是這個意思。尷尬的是，還真被他說中了。

「要不然我訂外送吧，剛好我也想吃宵夜。」

我才剛打開外送ＡＰＰ，小俊就說：「算了，不麻煩妳了。反正我也沒事，妳就回家吧。」

「既然我答應筱旎要來探望你，至少也讓我做一些探望病人該做的事吧。」

他安靜了幾秒，接著彆扭地側過頭，喃喃道：「程筱旎是漫畫看多了吧？就感冒而已，哪需要探望。」

我忍不住笑出聲，「你知道嗎？我剛才來之前也是這麼在心裡吐槽的。」

可能是被我的笑意感染，小俊看上去放鬆了許多，露出了久違的笑容。

「妳總算笑了。」

我愣了一下，「我也不是很嚴肅的人吧？」

「這段時間妳看上去一直很拘謹。」他頓了頓，才接著說：「我是指重逢之後。」

我抿抿唇，「你又不是不知道爲什麼。」

無論多麼努力故作自然，終究掩蓋不了我們是彼此前任的身分，又怎麼可能像從前那樣毫無顧忌地相處呢？

「我知道。」小俊嘆了一口氣，「就是知道，我才一直想告訴妳，不要再對我感到愧疚了，這樣只會顯得我很可憐。」

「我不是要可憐你的意思。」

「如果妳沒有，那就不要再認爲自己對我有所虧欠了。我從沒後悔過改變我們的關係，哪怕是當年那樣的結果，妳也沒有欠我什麼，不需要對我感到抱歉。」

我咬了咬唇，目不轉睛地盯著他看，想從他清澈的雙眸中探究出他真實的想法，卻看不出任何一絲破綻。

再次見到小俊，我總覺得他好像不大一樣了，卻又說不上來是哪裡改變了。

見我沒說話，他小心翼翼地補了一句：「我也知道我們的關係要不尷尬很難，但有程筱旎在，要想不見面應該更難。妳可以覺得尷尬，但至少不要每次看到我都像是在躲債好嗎？」

我忍俊不禁，「我可沒欠你錢，但你姊倒是還欠我一百塊。」

「妳再繼續擺出滿是歉意的表情，我就要開始懷疑我有借過妳錢了。」小俊鬆開方才一直皺著的眉頭，嘴角邊的弧度微微上揚。

我看得出來，小俊很努力地在緩和我們之間尷尬的氛圍。

既然我們都沒辦法改變已經發生過的事，至少現在的我，應該要盡可能地回應他的努力。

「好啦好啦，我知道了。」我回以他一抹微笑，「那我們現在可以訂外送了嗎？」

最後，我點了一碗皮蛋瘦肉粥和一份鹹酥雞。

小俊看著他面前的那碗粥，再看向我剛才特地回家拿來配鹹酥雞的啤酒，忍不佳埋怨道：「妳到底是來照顧我還是來折磨我的？」

我擺出無辜的表情，「你是病人，我又不是。你喝你的粥、我吃我的鹹酥雞，互不影響吧？」

他啞口無言，只能認命地喝粥，但視線卻始終盯著桌上那袋鹹酥雞。

這一幕戳中了我的笑點，害我笑了好久。

把話講開之後，我和小俊獨處時的氣氛好了許多。我們一邊吃宵夜，一邊聊著這幾年的近況，把當年分開後的空白陸續填上。

其實很多關於對方的事，我們都從筱旎那邊略知一二了，可聽當事人親口說出來的感覺，還是不太一樣的。

這樣和諧又輕鬆的相處氛圍，時不時會讓我想起我們當初拉近距離的過程。

可是我不想愧對小俊的努力，決定強壓下心底那份異樣，讓我們兩個能夠回到朋友的距離。

「子芯，妳週五晚上有空嗎？」午休時間剛結束，瓅文一臉興奮地跑來找我。

「怎麼了？」我掀開筆電的動作停在半空。

「我跟仕睿約了一場聚餐，邀幾個年紀相仿的同事聚一聚，妳要來嗎？」

我蹙眉，正準備要拒絕，高仕睿就竄了過來。

「喂，這次聚餐可以說是爲了妳而約的，別想跑喔。」他笑嘻嘻地對我說。

我、瓅文和仕睿同期進公司，又剛好在同一個部門工作，所以入職沒多久就變熟了。

我和親切的瓅文、本來就愛熱鬧的仕睿不同，很少參與聚會活動，不是在加班，就是趕著回家耍廢，因此和其他人都只保持著好同事的距離。

「爲我約聚餐幹麼？又沒有升職也還沒離職。」

仕睿嘖了一聲，「聽說妳前陣子又跟法務部的姜祈吵起來了，大家都在傳你們兩個不合，爲了兩個部門之間的和諧，我特別約了姜祈，這場聚會就是想讓你們破冰！」

我差點笑出來。雖然我跟姜祈確實常常意見不合，但被傳得像我們一見面就會打起來，還是滿好笑的，他們都不知道我們上禮拜還一起吃晚餐呢！

既然我們的共識是沒必要理會傳言，拒絕這個聚會邀約應該也沒什麼關係。

我正準備開口婉拒時，仕睿突然扭頭對瓅文說：「剛剛我去六樓，法務部那個小助理說也想參加聚餐，我想說應該沒關係，就同意了。」

「法務部助理？你是說施予珮嗎？」瓅文歪了歪頭，像是在思考的樣子。

「嗯。妳說她怎麼這麼積極地想參與，不會是對我——」

「不是對你。」瓅文果斷地打斷他，「我聽法務部的人說……她好像看上姜祈了。」

我握著滑鼠的手抖了一下，還不小心誤關我做了一個早上的文件檔案。幸好他們兩人都沒發現我的失誤，繼續興奮地議論那位叫施予珮的女孩和姜祈的八卦。

「眞的假的？她看上姜祈什麼了？他又不是什麼帥哥，總是不修邊幅的樣子，頭髮也亂糟糟的，妳們女生眞的會喜歡那種男生喔？」

「她喜歡就好了，你管那麼多？」

「所以她眞的在追姜祈？」

「也不能說追啦，但就是意圖很明顯，法務部的人都看得出來啊。」

我忽然有點好奇那位叫施予珮的女孩究竟長什麼樣子，到底喜歡姜祈什麼了。就像仕睿說的，姜祈又不帥，也不像公司的其他法務一樣，會穿比較正式的服裝，他總是打扮得像樓上那些工程師一樣，帽T加工裝褲，配上厚重的黑框眼鏡，一身的宅男氣質。怎麼想都不是一般女孩子會喜歡的類型。

不知不覺，他們的話題告了一個段落，仕睿將焦點挪回我身上，「子芯，所以週五晚上到底可不可以啦？妳要拒絕的話，得給我一個好——」

「嗯。」

「理由……啊？」仕睿瞠目結舌，一副懷疑自己聽錯的樣子。
「意思是妳答應要一起去聚餐了嗎？」璨文也有點訝異，又問了一次。
「對啊。」
「妳、妳發燒了嗎？今天怎麼這麼容易被說服？」仕睿支支吾吾地問。
「不是你叫我別想跑的嗎？到底要不要我去？」我翻了個白眼。
「去去去！妳能答應眞是太好了！」璨文開心地抓住我的手，看了一眼我的表情又趕緊放開，略微尷尬地道歉：「抱歉，我太激動了。」
我莞爾，「沒事，你們確定聚餐時間後，再跟我說吧。」
直到離開我的座位，璨文和仕睿都還在小聲地討論我答應的緣由。
其實感到訝異的人不只他們，就連我自己都有點不解，我怎麼就鬼使神差地答應了，思來想去，我只能把原因歸於那個神祕的法務部小助理。
我只是好奇，她的眼光到底有多奇特，才會喜歡上姜祈那種怪胎，還喜歡得這麼高調。
眞的只是好奇而已。

爲了準時下班參加聚餐，我一連幾天都在忙著趕工作進度，以至於到了週五下班時間才猛然想起，我忘了問姜祈聚餐的事。

點開我和姜祈的LINE對話，準備輸入訊息前，我及時打住了。

在做一件事之前，我習慣先把所有可能的發展都先想一遍。做好最壞的打算，我才能毫無顧忌地行動。

因此我立刻想到，這麼一問會顯得我很像是因爲姜祈要去才決定參加聚會，甚至連他可能會怎麼取笑我都想好了，因此我決定裝作不知道他可能也會出席。

下班後，我和瓅文他們共乘一輛計程車，前往聚會地點。

站在店門口時，我傻住了，沒想到我們聚餐的地方居然是甜橙。

「愣在門口幹麼？」仕睿停下腳步，狐疑地看著我。

「這是我朋友開的店。」

「甜橙的老闆是妳朋友？這家餐廳超難訂位的欸，早知道就叫妳幫忙了。」他邊說邊伸手將我推往店內，「別磨磨蹭蹭了，趕快進去啦。」

我一個踉蹌，差點摔倒，好險站在店門口的店員及時扶了我一把。

「謝……」我話還沒說完，就在抬眼的瞬間被嚇了一跳，「小俊？」

「還好嗎？」

藉著他的力站穩了腳步後，我趕緊放開手，「我沒事。」

小俊挑了挑眉，正想說些什麼時，筱旎的驚呼就先傳來了，「子芯？妳怎麼沒先跟我說妳今天要過來？」

「我跟同事來聚餐。」

爲了指給她看，我環顧四周，試著尋找瓅文的身影，沒想到卻先看見了姜祈。

巧的是，他也正好在看我，臉上的表情似笑非笑的。

慘了，他不會看見剛才我差點跌倒的蠢樣了吧？

筱旋勾著我的手，陪我走向同事們的位置，面對他們疑惑的目光，我主動介紹：「這位是甜橙的老闆，也是我的好朋友，程筱旋。」

「爲了感謝大家在工作上對我們家子芯的照顧，你們這桌的消費統統打七折，希望你們能吃得盡興！」

筱旋的話立刻換得同事們的熱烈掌聲，她笑著擺了擺手後便表示要先回去忙了，讓我們點好餐再叫她。

在大家看菜單的空檔，我往斜對面姜祈的座位附近瞥了一眼，想一睹那位暗戀他的法務部助理的廬山眞面目，卻正好對上了姜祈的視線。

怕他誤以爲我在偷看他，我挑了挑眉，用唇語無聲地對他說：「看什麼看？」

姜祈揚了揚下巴，指向櫃檯的方向，我搞不懂他的意思，剛回頭要詢問，就聽見一道甜甜的聲音。

「姜祈，你想點什麼呀？」

聲音的主人是坐在姜祈左手邊的女孩，她綁著青春洋溢的丸子頭，眼睛大得像少女漫畫的女主角，笑得十分甜美，想必她就是施予珮。

「還沒想好。」姜祈不冷不熱地答道。

「這兩道看起來都好好吃，我好猶豫喔！」

有眼睛的人都看得出來，施予珮是在跟姜祈撒嬌，潛台詞就是在等他主動表示一人點一道分著吃。

沒想到直男姜祈居然說：「妳可以問譚子芯推薦什麼，既然是她朋友的店，她應該都吃過吧？」

我頓時愣住了，不明白他幹麼突然拿我擋槍，更尷尬的是施予珮也沒順著他的話問我！

「對耶！子芯，妳來這裡都點什麼啊？」最後是仕睿出來救場，還順道調侃了施予珮：「妹妹，妳這樣太明顯了喔！只採納法務部同仁的意見，把我們行銷部的人放在哪？尊重咧？」

施予珮甜甜一笑，「沒有啦，我跟子芯姊不太熟，不好意思問嘛！」

我差點要罵人。把我當空氣就算了，叫姊是怎樣？哪怕她是應屆畢業生，我大學畢業也沒幾年好嗎？這才差幾歲就稱呼我爲姊？

許是見我臉色一沉，瓅文趕緊出來打圓場，催促大家快點決定要吃什麼，這個插曲才這麼過去了。

點完餐後，趁著大家在閒聊，我傳訊息調侃姜祈：「你可以啊！都不知道你這麼會把妹。」

我假裝在用手機瀏覽網頁，實則用餘光偷瞄姜祈，注意到他停下了倒水的動作，準備拿起手機。

「姜祈，可以幫我倒一杯水嗎？」施予珮突然出聲，打斷姜祈的動作。

姜祈看了她一眼，幫她倒了一杯水。

「我就說吧，她的意圖眞的很明顯。」

「何止明顯？只差沒在姜祈頭上插個旗子，宣告這是她看上的男人了。」

我聽見坐在我旁邊的瓅文和仕睿正小聲地議論著，甚至猜測施予珮是來盯著姜祈的。

手機輕輕震動了兩下，我低頭查看，卻只看到了姜祈簡短的回覆。

「什麼？」

這個人可眞會裝傻！

「人家助理小妹妹恨不得直接把你帶出場，以你的聰明才智不會看不出來吧？」我很快地回了這句話，下意識看了姜祈一眼，想觀察他的反應。

他忽然抬頭，視線筆直地看向我，勾起了唇角，「妳這句話怎麼感覺有點酸？」

我沒有多想，回道：「就是在酸你老牛吃嫩草啊。」

「只是這樣嗎？子芯姊？」

我這才意識到，罵他老牛連帶把跟他同年出生的我一起罵老了，氣得我收起手機，不想再回覆他。

雖然隱約能察覺他朝我投來的視線，但我決定視而不見，假裝認真在聽瓅文跟其他同事聊她和她男友的戀愛故事。

「哇，第一次聽說瓅文有男朋友耶。」

「剛在一起沒多久啦，所以就沒特別提。」

「你們在一起多久了？」

「剛滿一個月。」

「對方是怎麼樣的人啊？」

「嗯……很溫柔、對我很好。」

「那是怎麼在一起的？」

還來不及聽到他們在一起的細節，我的注意力就被施予珮的聲音吸引。

「你在看什麼？難得看你笑得這麼開心。」

我忍不住側過頭，只見姜祈斂起了笑，又是平時那副懶懶的表情。

「沒什麼，就是收到了好笑的訊息。」姜祈朝我的方向瞥了一秒。

他才好笑咧！別想把我當作把妹的話題！

「是梗圖嗎？我也想看。」

「不是，只是跟朋友的對話。」

「喔，好吧。」施予珮努了努嘴，很明顯就是在裝可憐兼裝可愛，「那下次我傳好笑的梗圖給你吧！我最喜歡看網路梗圖了，上班的時候看超紓壓的。」

「嗯。」

呵，男人果然抗拒不了小妹妹的撒嬌。

我別過頭，正好看見不遠處的筱旎朝我招了招手，便起身走向她。

「那個小妹妹是不是喜歡她旁邊的黑框眼鏡男啊？聲音做作到我都快吐了。」筱旎小聲地吐槽。

眞不愧是我的好姊妹，把我的心聲都說出來了。

「妳說的黑框眼鏡男就是姜祈。」

「他就是姜祈？」她驚呼道。

我趕緊摀住她的嘴，「妳小聲一點啦！」

筱旎拉開了我的手，再三保證會壓低聲音後，才問道：「他們兩個是在搞曖昧嗎？」

「那個女生是法務部的助理，聽同事說她在追姜祈。」

筱旎滿臉不屑，「呵，男人就喜歡這種幼稚又三八的小妹妹。」

我抓起她的手和她擊掌，「妳怎麼能這麼精準地把我剛剛心裡想的話都說出來了？」

「妳們吐槽就吐槽，可以不要開地圖炮嗎？」小俊突然出聲，我這才發現他默默湊了過來。

「喔？你有不同的見解？」筱旎朝他翻了個白眼。

「還是有人不喜歡這種類型的。」

「例如？」筱旎問道。

「我。」

我愣了愣，對上小俊坦然的神情，他就這麼直勾勾地盯著我看，讓我不得不開始多想他是否有言外之意。

「那你喜歡什麼類型的？子芯那些同事裡有沒有你的菜？讓她幫你介紹一下啊。」

沒等小俊回答，我就挪開了視線，就怕被筱旎看出端倪。

「要妳管。」小俊丟下這句話後便轉身走向廚房。

「死屁孩，對姊姊這麼沒禮貌！」

我沒理會氣得牙癢癢的筱旎，只是一邊慶幸小俊什麼都沒說，一邊卻又因他藏在眼底的那些情緒而有些忐忑。

吃飽飯後，在一片對餐點的讚揚聲中，施予珮突然提議：「時間還那麼早，就這麼結束聚會好像不太過癮，要不要去續攤啊？」

她說話時頻頻看向姜祈，一副不想太早和他分開的樣子。

「好啊！太早結束Friday Night確實有點可惜。」仕睿興奮地附和，「那要去哪？喝酒？夜唱？打保齡球？」

「有幾個人要去啊？」

「我有點累了，想回家休息。」瓅文滿臉歉意地拒絕。

其實我也想回家了，跟同事聚餐對我來說，就像是某種程度上的加班，我的社交能量很快就被消耗完了。

「姜祈，你要來嗎？」遲遲沒聽見姜祈的答覆，施予珮似乎是憋不住了，直接問道。

「我想想。」姜祈單手托腮，另一隻手的手指輕點著放在桌上的手機，看起來在猶豫要不要加入。

「別想了，走嘛走嘛！就當是陪我去？」施予珮朝他眨眼。

我緊緊捏著衣襬，在心底翻了一百個白眼，強忍著吐槽的衝動。

「可以啊。」姜祈輕笑了一聲。

「耶！一定會很好玩！」施予珮笑得花枝亂顫。

我受不了，我要回家了，反正他要把妹或是被妹把都不關我的事。

甜橙的店門外，仕睿、施予珮、姜祈和另外兩位也要去續攤的同事，正在討論待會要去哪。

我則和其他不打算續攤的同事們站在一起，默默琢磨著什麼時候才是絕佳的離開時機。

「你們有看到施予珮剛才的樣子嗎？有必要主動到這個份上嗎？」

「姜祈的態度不冷不熱的，看起來對她也沒什麼意思，這樣倒貼確實有點掉價。」

從對話中能聽得出來，他們似乎對施予珮也沒什麼好感。

「她這麼積極地約續攤，不會是想……」某位同事話說到一半就不說了，笑得很曖昧。

「想什麼？你要說就說完啊。」

「藉機把姜祈灌醉啊！」

「然後呢？」

「灌醉之後可以做的事，不就那些嗎？」

「子芯！」仕睿突然叫我，把正在專心偷聽的我嚇了一大跳。

「幹麼？」我故作鎮定地應道。

「妳要不要去續攤啊？剛才好像沒聽見妳的回答。」

我看了姜祈一眼，也看見了站得離他很近的施予珮，不知怎地想起了同事們的玩笑話。

「好啊。」等我回過神來，我已經糊里糊塗地答應了。

「太好啦，那我們這邊總共六個人，訂一間小包廂就可以了。」

「呃，你們要去哪續攤？我剛剛沒注意聽。」

「唱歌啊，順便買點酒，紓壓一下。」

我揉了揉太陽穴，為自己的衝動感到懊悔，現在想逃都逃不了。

和其他同事道別後，我們續攤組的一行人便包了兩台計程車前往KTV，途中還先在超市前停了一下，等興致勃勃的仕睿和施予珮進去買酒。

剛才在車裡，仕睿打電話預約了一路唱到早上六點的夜唱方案，我還沒開唱就已經覺得頭痛了。

大學時都沒怎麼參加系上夜唱活動的我，成為社畜之後更是熬不起這麼長的夜，待會勢必得抓準時機提早溜走。

「看妳一臉想要逃的樣子，剛才幹麼答應？」姜祈不知道什麼時候走到我旁邊，出言調侃。

「我喜歡唱歌不行喔？」

「妳不是連續攤是要去唱歌都不知道就答應了嗎？」

隨口一說的謊言被拆穿，我有點惱羞，「那你呢？是喜歡夜唱還是喝酒？又或者是喜歡貼上來的小妹妹？」

說完我立刻就後悔了，這句話不僅聽上去很衝，甚至……好吧，不得不承認，就如姜祈所說的，很酸。

「妳說呢？」姜祈既不惱怒，也不正面回答我的問題。

我冷哼一聲，「那我就當是小妹妹的部分了。」

他笑了笑，「妳的想像力也是很豐富。」

我正要接話，仕睿和施予珮就回來了，只好就這麼打住。

一進KTV包廂，施予珮果不其然立刻搶占姜祈身旁的座位，恨不得緊緊黏著他的模樣。

現在大學剛畢業的妹妹都這麼主動的嗎？我突然有點佩服她了。

相較於仕睿和另外兩位同事連唱了好幾首歌，一副要開演唱會的架勢，姜祈只是靜靜地坐在那看他們表演，哪怕施予珮積極地慫恿他點歌，他都不爲所動。

我意思意思唱了幾首歌後，便以要拿飲料爲藉口離開了包廂。

看到自助吧有冰淇淋，我便想著要挖兩球冰，吃點甜的轉換有點煩躁的思緒。

沒想到，這兩桶冰淇淋實在有夠難挖，我在那奮戰了老半天才挖好一球。

正在思考挖第二球的時間會不會導致這一球冰淇淋融化時，耳邊傳來了熟悉的聲音：「妳爲什麼要這麼認眞地盯著冰淇淋？」

我轉過頭，見到姜祈像是在憋笑的表情。

「這個冰淇淋超難挖的，我在想要先吃一球再挖另一球還是怎樣。」

我據實以告，換來姜祈止不住的笑，「妳爲什麼總在奇怪的事上較眞啊？」

「要你管。」我決定不挖了，轉身準備回包廂時，姜祈出聲叫住我。

「我幫妳吧。薄荷巧克力味的，對吧？」

我點點頭，沒有拒絕他的幫忙。

幾分鐘後，我一邊吃著剛才費勁挖好的冰淇淋，一邊嘲笑正在努力和冰淇淋奮鬥的姜祈。

「你說我是不是該把這一幕拍給你們家的助理妹妹，她搞不好還會誇你一句認眞的男人最帥？」我在旁邊說風涼話。

他將挖好的冰淇淋遞給我，瞇著眼對我說：「吃人嘴軟，妳沒聽過嗎？」

我剛要回嘴就聽見身後傳來施予珮嗲嗲的聲音。

「姜祈，你怎麼這麼久還沒回——」她快步走到姜祈旁邊，接著露出驚訝的表情，「啊，子芯姊也在呀？」

好想拿冰淇淋砸她。是我先出包廂的好嗎？而且憑什麼我是子芯姊，他就不是姜祈哥啊？

我沒忍住，脫口而出：「不用叫姊，我們也沒差幾歲吧？」

餘光瞥見姜祈又在偷笑了，他是不是也欠冰淇淋砸？

「喔。」施予珮很敷衍地應了一聲後，轉頭向姜祈撒嬌：「我也想吃冰淇淋，但我不太會挖耶。」

「那建議妳還是別吃了，這個眞的超難挖。」姜祈指了指我剛從他手中接過的冰淇淋。

那一秒，施予珮的表情實在是很精彩。

和姜祈一起走回包廂的路上，我忍不住問：「你是故意那麼說的？」

「妳說呢？」他不置可否，但又很快接了一句：「那兩桶冰淇淋有多難挖，妳又不是不知道。」

「裝蒜。」我雖然白了他一眼，但心裡實則感到挺痛快的。

然而，回到包廂的施予珮看起來絲毫不受影響，笑臉盈盈地提議大家一起玩遊戲，輸的人要罰酒還要唱歌。

我實在不是很擅長玩團康遊戲，一開始就連輸了好幾把，很快就灌了三、四瓶啤酒下肚。

「喝啤酒好像有點沒勁，接下來要是再有人連輸，罰酒就換罰shot好了？」施予珮舉起一瓶伏特加說道。

要不是接下來我開始轉運，一直連輸的人變成仕睿和另外兩個同事，我都要懷疑施予珮訂的規則是在針對我了。

期間，姜祈終於也輸了一次，在施予珮的強力要求下，他被迫唱了一首歌。我第一次聽姜祈唱歌，這才發現原來他唱歌這麼好聽。

「哇，姜祈你唱得超好耶！簡直能去當駐唱歌手了。」施予珮毫不吝嗇地誇獎，我彷彿都能看見她眼裡冒著愛心了。

姜祈沒有回應她，只是專注地看著正前方的螢幕，一字一句地唱。

我悄悄瞥了他幾眼，一時之間迷失在他認眞的神情裡，在那一瞬間，我想起了這首歌讓我覺得耳熟的原因。

第三章　屬於我的心動信號

我說謊了。

其實我和姜祈之間的交集，不僅僅是我告訴筱旎的那個版本，什麼聖誕舞會的舞伴、我單方面的競爭意識……才沒有那麼簡單。

我只是一直不願想起也不想承認，我對姜祈的在意在更早之前就開始了。

那是我和姜祈相認前的事。

上大學後的第一次期中考，我非常想考出優異的成績，有一個好的開始。考前兩週，我幾乎天天去圖書館報到，哪怕是和同學出去玩、參加系上活動，我也一定會抽時間到圖書館念兩個小時的書。

那一天，因爲活動結束得比較晚，我沒有多餘的時間先吃晚餐，再加上生理期的關係，我有點貧血。

起初，我只是不斷用指頭搓揉太陽穴，試著緩解暈眩感，可過了一會，我漸漸難以專心，課本上的字開始被白花花的畫面掩蓋。

嘆了一口氣，我知道今天是讀不下去了，但現在還不是回宿舍的時候，我實在太不舒服了，要是猛然起身，只怕會當眾出糗，所以我決定乾脆側趴在桌上，先休息一下。

我習慣坐的位子是一張四人桌，所以一趴下來，就正好和坐我右前方位子的男生對上眼。

爲避免產生不必要的尷尬，我很快挪開了視線，額頭抵著手臂，面對桌面。

忽然，我感覺有人敲了敲桌面，便下意識抬頭。

只見斜對面那個戴著黑框眼鏡、頭髮亂糟糟的男生，朝我遞來了一盒巧克力。

我不明就裡地蹙著眉，用困惑的目光看向他。

「低血糖的時候，吃巧克力會感覺好一點。」他伸手將盒子推得離我更近一些，「這個送妳了。」

「謝謝。」我愣愣地答謝，沒有拒絕他的好意。

含著兩塊巧克力，沒過幾分鐘，頭暈的症狀改善了許多，我便開始收拾東西，打算回宿舍。

剛背起書包，正想著該如何向那個男生表達謝意時，他忽然起身，兩三下就收好書本，將椅子歸位，頭也不回地朝樓梯走。

我愣了一下，沒有喊住他。

待我走到一樓時，卻發現剛才那個男生也才走到圖書館門口。然而，他並沒有直接走出去，而是站在門邊幫我抵著沉重的大門，並注視著我，就像是在等我似的。

我有點不好意思，快步走到門邊，想扶住門把手，讓他先走出去，但他搖了搖頭，示意我直接出去。

我沒再推託，朝他點頭致意，走出了大門。

這個插曲倒也沒有讓我特別想認識那個男生，只是因他微小的貼心舉動，對他留下了還不錯的印象，畢竟不是每個男生都會替後面的人扶著門。

直到幾天後，和室友一起去圖書館，我才又見到那個男生。

我什麼都還來不及說，室友就先說了那句「他就是姜祈」。

而姜祈的反應讓我意會過來，他根本就不記得我，也不記得那天在圖書館發生的事。

那不過是一次善意的舉手之勞，只有我放在心上的舉手之勞。

相認時的負面印象，幾乎把最初的好感全抹去了，我也就不想再提起那盒巧克力的事。

可是自那以後，我卻常常在圖書館碰到姜祈。

我一直習慣坐在圖書館四樓靠窗的倒數第四個位子，這個位子不算熱門，因爲多數人都有避開數字四的迷信。通常只有在圖書館客滿時，我才需要另覓他處。

不知道是不是巧合，姜祈越來越頻繁地出現在我斜對面的座位。他沒有刻意搭話，也沒跟我打招呼，就只是默默地將書包放在我對面的椅子上，接著拉開我右前方的椅子坐下。

當我慢慢開始習慣坐在我斜對面的姜祈時，他卻接連消失了好些日子，直到新年第一週才又出現。

時間點實在是有點巧，我不禁懷疑他是怕面對我這個舞伴會尷尬，所以才刻意在聖誕節當週避開我。

呵呵，以爲我很想跟他去舞會？他沒有爲了這麼幼稚的事來煩我，我開心都來不及了好嗎？

看著坐在我斜對面，安靜翻閱書本的姜祈，我越想越不爽，越看越覺得他太囂張了。

故意裝作不記得我，還硬要跟我搶一張桌子，這個人到底搞什麼？

好啊，愛刷存在感又很愛搶是吧？

我這個人的特點就是不服輸，有個必須打敗的目標會讓我格外有幹勁。

我記得學期初的始業考，是由姜祈拿下年級第一。

當時我覺得才剛放下升學考試的壓力，始業考放寬心、隨意考就好，但現在我暗自下定決心，要卯足全力扳回一城，必須從他手中把年級第一搶回來！

在我近乎日日夜夜泡在圖書館的努力下，果不其然，姜祈在第二學期的不分系年級排名中，成了我的手下敗將。

頒獎儀式定在多數人都會選擇翹掉的開學典禮上，會來參加的學生不是要領獎，就是被抽到要擔任班級代表的衰鬼。

估計全場除了要發言的師長，最雀躍的人就是我了吧！

我紮了個馬尾，精神抖擻地排在隊伍最前方。等待上台的空檔，一個眼神也沒給排在我身後的姜祈。

直到我突然感覺有人拍了拍我的肩膀。

側過頭，只見姜祈看著我問道：「妳要不要跟我換個位置？」

我狐疑地看向他，警惕地問：「幹麼？剛剛老師說要按照年級排名排隊。」

他愣了幾秒，接著噗哧一笑。

「我只是想說，妳這個位置正好會被太陽直射，看妳要不要先跟我換一下，等上台再換回來。」姜祈憋著笑，又補了一句：「沒有要跟妳搶第一，放心。」

我這才注意到，只有我站的地方沒有遮蔽物，擋不住刺眼的陽光。

「不用了。」我這時才感到有點尷尬。

姜祈退後了幾步，「不然妳站過來一點吧？晒久了還是挺熱的。」

我只想趕快轉身背對他，便沒有再拒絕，順勢往他身邊站了一小步。

過近的距離使我聞到姜祈身上的味……呸呸呸！我什麼都沒聞到！

許是見我猛搖了幾下頭，姜祈湊了過來，「怎麼了嗎？」

我回過頭，愣在原地，幸好此時一旁傳來了老師催促我們上台的聲音，讓我得以自然地迴避姜祈的問句，但我過於突然地轉頭，導致馬尾直接掃到姜祈的臉上。

「噢！」他吃痛地叫了一聲。

我沒理他，踏著輕快的步伐走上司令台，嘴角還揚著掩不住的笑意。

或許旁人會以爲我是因爲頒獎才笑得那麼開心，但只有我自己知道潛藏在其中的緣由。

幸好，牽動我笑意的那個人也不知道。

因爲頒獎典禮的事，我單方面決定原諒姜祈硬是跟我搶座位的行爲。

不過，我們之間還有一件事困擾著我，那就是我從來就沒搞懂，我跟他到底算不算認識？

我告訴自己，除非姜祈主動提議要加LINE好友，否則我寧可保持這樣奇妙的關係。如果他對我不感興趣，那我也不想進一步認識他。

這是我的原則，更是我的尊嚴。

於是，我和他都站在原地，誰也沒有向前走。

這個微妙的平衡就這麼持續了兩年多，才因爲一個人的出現而被打破。

我曾認眞觀察過姜祈一段時間。

畢竟知彼知己，百戰不殆，再加上身邊的人總說我和姜祈是同類型的人，導致我特別想知道，我們到底哪裡像了。

在我的印象中，姜祈在任何時候都看起來很慵懶，一副對周遭的一切都意興闌珊的樣子。

曾聽系上有加入學生會的學妹們提起他，她們都不約而同地認爲這位學生會長看上去十分高深莫測，很難理解他在想什麼。

當時的我卻不這麼認爲，反倒覺得有那麼複雜嗎？他很明顯就是那種怕麻煩又懶的類型啊。

關於我們的相似之處，我只承認一點——那就是都很聰明。

只不過聰明這個特質放在我們兩人身上，有著截然不同的呈現方式。

我的聰明使我越來越要強又不服輸，姜祈的聰明卻讓他看上去對很多事都提不起勁。

只有一次，我在他的臉上看見了不一樣的神情。

那是大三下學期的事了。

我陪筱旎光顧一間她念叨了好久的咖啡廳，據說那間店賣的千層蛋糕超貴、超好吃。

她說她預訂好了位子，要慶祝我上學期又拿了年級第一。

那家店的千層蛋糕確實很好吃，但我更偏愛它的伯爵茶重乳酪。

我或許是一個很奇怪的人吧，因爲討厭有人跟我搶的感覺，所以通常不太喜歡大家都喜歡的東西。

爲了不要太快吃掉最後一口蛋糕，我將盤子往前輕輕一推，再將海鹽拿鐵端到離我較近的位置，打算先享用飲料。

抬起頭的剎那，我看見一抹熟悉的身影。只見姜祈和一個留著短捲髮的女孩子一同走進店裡，在角落的位子入座，這是我第一次看見他和女生單獨走在一起。

我忍不住往他們的方向看，同時一邊說服自己，因爲詫異而多看幾眼，是很正常的。

我聽不到他們聊天的內容，但從我的位子能清楚地捕捉到，姜祈的眼裡閃爍著我未曾見過的溫柔。

原來，他的臉上也會出現這樣的神情，他才不是對所有的人事物都興致索然，只不過是我之前沒有見到那個讓他感興趣的人罷了。

後來，我得知了那個女孩的身分，是會計系大一的學妹。

她和姜祈明明不同系，她也沒有加入學生會，不曉得他們兩人究竟是怎麼產生交集的。

雖然我那天沒有看清楚她的正臉，但憑著匆匆一瞥的印象，依稀記得她是那種清秀可愛型的女生，身形又小小一隻的，絕對是男生會喜歡的類型。

她說話時的肢體語言十分豐富，就連姜祈都頻頻被她逗笑，由此可知她應該是既活潑又有趣的人。

無論是外型還是性格，都和我截然不同的女孩子。

看到姜祈不同的一面，我忽然意識到自己究竟有多可笑。只有我牢牢記著那些被感動的細節；我以爲的默契，就只是過度解讀；我的那些執念，都像是幼稚的意氣用事。

再後來，我輾轉從社聯會的一位學弟那得知，那個會計系學妹和機械系大一的系草在一起了。

我在學校偶遇過幾次那位機械系的學弟，還暗自在心底嘲笑了姜祈一番，人家學妹眼光好著呢，他哪比得過那麼陽光帥氣的學弟？

可是笑完之後，我一點也沒覺得痛快，反而覺得自己更可悲了。

我討厭姜祈，更討厭過度在意姜祈的自己。

不想繼續在意他的一舉一動，所以我決定眼不見爲淨，再也不去學校的圖書館，也刻意屏蔽了所有和姜祈有關的消息，不再抓著每一次能和他競爭的機會。就連年級獎學金的頒獎典禮上，我也看都不看他一眼。

某一次閃避不及的四目相交，我依稀在姜祈臉上看到了一絲困惑。

他是不是想問我爲什麼不去圖書館了？這個念頭只浮現了兩秒就立刻打消了，因爲我發現自己又在過度解讀他的行爲。

我們從一開始就不需要有所交集，現在更無需延續。

從此，姜祈這個名字被我從我的世界裡強行挪除，直到在公司見到他的那一天爲止。

♥

當我從一直不願回憶起的難堪過往中回過神，姜祈已經唱到最後一段副歌了。

這是一首描述暗戀心情的抒情歌，男歌手用低沉沙啞的嗓音一遍遍地唱著他說不出口的愛情。

突然間，我明白了姜祈點這首歌的緣由，原來，他從來就沒有放下對那個學妹的感情。

他的溫柔以及專注的目光都只屬於她，哪怕已經過了那麼久。

我不禁笑了，笑姜祈竟然這麼癡情，也笑對於內情一無所知，還陶醉地聽著姜祈唱歌的施予珮。

看到這麼有趣的畫面，我一連喝了好幾杯酒，把仕睿都給看呆了。

沒等姜祈把歌唱完，我和仕睿他們就開始了下一輪遊戲。期間，我又輸了幾輪，罰了不少酒。參與遊戲的其他人也都喝了很多，仕睿到後來甚至還吐了。

我記不清最後到底是仕睿還是姜祈，順勢結束了這場聚會，因爲我沒忍住睏意睡著了。

我從睡夢中緩緩甦醒，感覺到有人輕拍著我的手臂。

我趴在沙發椅上，努力地撐開眼皮，在那人的攙扶下緩慢地坐起身。

視線還有些朦朧，我用力地瞇眼卻始終無法聚焦，只能愣愣地盯著正前方的螢幕發呆。

忽然，眼前出現了一張臉。

「妳還好嗎？」

那人的聲音彷彿從遠方傳來似的。我想看清他究竟是誰，於是伸手撫上他的臉頰，卻不小心打到他的鼻子。

「別鬧，妳喝醉了，我送妳回家。」他握住我的手腕，想制止我胡亂揮舞的手，並將我拉了起來。

我重心不穩地往他身上跌，我們雙雙倒在沙發上，呈現略微曖昧的姿勢。

那人似乎愣住了，他靜止不動的瞬間，眼前的這張臉和方才回憶中的面貌漸漸重疊。

原來是姜祈啊。

那個討人厭的姜祈，從來沒把我放在眼裡的姜祈。

酒意來襲，我越發無法控制自己，我只覺得很不服氣，憑什麼他總是不把我放在眼裡，而我卻愚蠢地為了贏過他努力了好久。

當年他對著學妹溫柔微笑的一幕又浮現在眼前，我終於明白了，當時的情緒叫做嫉妒。

此時暈沉沉的我，腦中忽然有個想法。

我想知道姜祈這張總是似笑非笑、看起來格外惹人厭的臉，會因為我的舉止而產生什麼樣的變化。

我向前一靠，抬頭吻上他的唇。

他的身體明顯一震，卻沒有將我推開，我便得寸進尺，讓雙唇繼續停留在他的唇上。

不知道究竟過了多久，我退開，輕聲對他說：「不要再笑了，混蛋。」

再次睜開眼時，只覺得頭痛欲裂。

昨晚聚會不該喝那麼多的，我不只喝醉了，現在甚至還有點斷片。

我靠著床頭，嘗試撐起沉重的身體，邊揉著太陽穴邊環顧四周。

幸好我是在自己的房間醒來，身邊沒有躺著別人，昨天穿的衣服也完好無缺地在身上。

我起身走向廚房，喝了幾杯水後，乾澀得有些發疼的喉嚨才好了一點，腦袋也清醒了一些。

我後來到底是怎麼回家的？我怎麼一點印象都沒有？

回到臥室，我拿起地板上的皮包，從裡頭找出手機，一解鎖就看見了筱旎留給我的訊息。

「難得參加同事聚會就把自己喝得爛醉，譚子芯妳可真行！還不快想想要怎麼報答辛苦把妳扛回家的我跟小俊！」

我鬆了一口氣，原來是筱旎和小俊送我回家……等等，小俊？

剛放鬆的心情這下又緊張了起來，喝醉的我下意識打給筱旎還算合理，但為什麼會有小俊？

是筱旎通知他來幫忙的嗎？天啊，我沒幹什麼蠢事吧？

胡思亂想也沒用，我乾脆撥了通電話給筱旎，想知道昨晚發生了什麼事。

「醒了啊！大小姐。」

「想吃什麼妳說吧，我買單。」用可憐兮兮的語氣向筱旎服軟準沒錯。

「算妳上道。」筱旎噗哧一笑，「宿醉嚴重嗎？要不要叫小俊幫妳煮解酒湯？」

「不要！」話一說出口，我便馬上意識到這個拒絕速度快得有點不對勁，趕緊補上一句：「昨天已經很麻煩你們了，今天請讓我獨自在家懺悔。」

「我們都認識多久了，還客氣什麼？」

「不不不，我不是客氣，我只是還要面子。」

被前男友看到醉得不省人事的樣子，實在太丟臉了，我暫時不敢見小俊。

趁筱旎還沒回話，我岔開話題：「對了，妳可以幫我複習一下，昨晚到底發生了什麼嗎？我只記得我跟同事去續攤、喝了酒，醒來就躺在家裡了。」

「我昨晚突然接到小俊打來的電話，他說妳喝醉了，叫我過來租屋處接應一下。你們從計程車上下來時，妳已經睡死了，所以準確來說是小俊把妳抱下來、背妳上樓，我只負責幫忙開門，還有幫妳蓋棉被而已。」

好，我社死了。

聽到我的嘆氣聲，筱旎貼心地安慰我：「沒事啦，妳從頭到尾都很安分地被抱著或背著，沒有做出太丟臉的事，起碼在我面前沒有。」

謝嘍，這個安慰眞是有效。

「但爲什麼小俊會在我旁邊啊？」

「這我還眞不知道，不然你直接問他？好啦，我要繼續忙店裡的事了，之後再聊。」

筱旎一掛斷電話，我就聽見門鈴聲響起。

走出房間前，我瞥了眼全身鏡，發現自己簡直像個瘋婆子，衣服皺巴巴的，頭髮也很亂。

我隨手拿了條髮圈將凌亂的頭髮紮成馬尾，再套了件薄外套便趕緊去開門。

「午安。」小俊神色平靜地對我說。

失策了，剛剛眞應該先看一眼貓眼再開門……

「你想吃什麼？我會買單的，昨天眞的很抱歉。」

他露出了困惑的表情，「我吃飽了。」

「喔……那有什麼事嗎？」沒事的話，我現在只想關門，再挖個地洞把自己給埋了。

「這個給妳。」他將手上拿著的保溫瓶遞給我。

「嗯？」

「醒酒湯，吃這個胃會舒服一點。」

我愣了愣，「筱旎叫你做的？」

我不是才剛拒絕她的提議嗎？怎麼小俊已經煮好了？

小俊看上去有點彆扭，別過頭後，才硬是「嗯」了一聲。

「謝謝你。」我並不傻，已經從他的反應之中，讀懂了他沒說出口的話。

怕氣氛會變得奇怪，我換了個話題：「聽說昨天是你送我回來的，你當時怎麼會在我旁邊？」

小俊安靜了半晌，我也就這麼盯著他看，盯著盯著，腦海裡忽然浮現了一些錯亂的記憶片段。

我昨天好像強吻了一個人。

可無論我多麼努力回想，想起的卻只有對方模糊的五官以及凌亂的呼吸。

我不禁開始懷疑，那個被我強吻的人就是小俊……畢竟昨晚是他送我回家的。

「小俊？」我怯懦地喚了他一聲。

「我可以不回答這個問題嗎？」

他迴避的態度令我更加不安，於是換了個方式試探：「那我昨天有做什麼奇怪的事嗎？」

怕他一直沉默不語，我只好又說：「我完全不記得發生什麼事，太嚇人了啦。」

「妳確定妳眞的想知道？」小俊認眞地看著我。

我不想，但是我覺得自己必須要知道，既然腦中有那樣的記憶，我就不想不明不白地裝傻。

「嗯，我想知道。」我咬著唇，原先放在身體兩側的手也捏緊了衣角。

小俊的嘴角微微勾起，突然朝我笑了笑，「妳發酒瘋，打了我好幾下。」

「就這樣？」

「什麼叫就這樣？背妳回家卻要被妳揍，還不夠委屈嗎？」

我鬆了一口氣，「我的意思不是打你沒關係啦，只是我以爲自己還會做出更丟臉的事。」

「妳不用覺得不好意思，畢竟妳更丟臉的樣子，我都見過了。」

「啊？」我一怔，「什麼意思？」

「比方說，妳以前和我姊對著一本裸男月曆發花癡的時候。」

天啊！我都忘了有這種事，他爲什麼還記得？

「夠了，你別說了，這種事不需要記得！」

「還有妳們一起追劇，哭得像瘋子不說，還把我叫進房間，狂罵男人沒一個好東西的時候。」小俊面不改色地繼續說我的黑歷史。

「程杭俊！」我氣急敗壞地制止他，他卻笑得更開心了，氣得我推了他一把，「沒事你就快點回去。」

「好好好。」小俊揮了揮手，聽話地往隔壁走，「湯要記得喝。」

「知道了。」我沒好氣地回道。

看著小俊的背影，我總算安心許多，他的舉止看上去很自然，至少可以確定我只是發酒瘋，而不是失心風去強吻了前男友。

但問題又來了，我到底是親了誰？

倘若昨晚和某個男人接吻的畫面不是夢境，那撇除小俊之後，剩下的人選就只有去續攤的三個男同事。

其實我有個最懷疑的人，但我眞心希望是我多慮了，因爲強吻那個人的後果，可說是比強吻小俊還要丟臉一百倍！

週一上班前，我做足了心理建設才鼓起勇氣踏入公司大樓，我不斷地左顧右盼，就怕遇到那個我暫時不想面對的人。

仕睿。

「早啊，子芯！」

有個人突然拍了我的肩膀，嚇得我驚呼了一聲，回過頭才發現站在我身後的是

他看起來也被我的反應嚇到了，「至於這麼驚恐嗎？」

我沒好氣地白了他一眼後，說道：「現在看到你就只會想起你喝吐了的樣子，能不驚恐嗎？」

「別提了！我那天是狀態不好，平時的酒量沒那麼差吼。」

「是是是。」敷衍完，我決定探一探仕睿的口風，看看能否驗證我的猜測，「對了，你還記得那天後來的情況嗎？」

他先是皺眉，後來一副恍然大悟的樣子，訕笑道：「自己都斷片了，還好意思嘲笑我的酒量？」

「不講拉倒，我回座位了。」

「喂，也太易怒了吧？我說我說，妳別生氣。」仕睿趕緊拉住我的衣袖，「我吐完就比較清醒了，老實說當下就只想趕快回家睡覺，沒想到施予珮又拿出一瓶威士忌說要繼續玩遊戲，我真的嚇爆。」

許是見我的表情略微不耐煩，他總算直奔重點，「那時候妳已經靠在沙發上睡著了，之後姜祈就提議散場，我猜他可能是怕再待下去會被施予珮非禮吧，哈哈

哈！我扶小羅他們去搭計程車的時候花了點時間，回包廂的時候，你們都不在了。所以妳那天是怎麼回家的？」

「夢遊回去的。」我沒好氣地回道，擺擺手便逕自走向座位。

搞半天也沒弄清楚那晚到底發生了什麼事，無法掌握狀況的感覺令我有些煩悶，但又不好直接問姜祈。

抱持著焦慮的心情度過了大半天後，我在下午收到姜祈傳來的訊息。

「晚上一起吃飯？」

儘管我很快就有了答案，卻還是刻意等了十幾分鐘才回覆：「好。」

下班前，我臨時接到一件非得立刻處理的事，又留下來加了半小時的班。

等我到餐廳時，姜祈已經點好餐在等我了。

「妳上次說這家的青醬海鮮義大利麵很好吃，我就直接幫妳點了，沒關係吧？」他將一旁的籃子遞給我，讓我放包包和外套。

「你就沒想過我今天可能不想吃青醬嗎？我要吃西班牙海鮮燉飯。」我的逆反心理又在作祟。

面對我的無理取鬧，姜祈笑了，「那剛好，我點了那個，我們可以交換。」

這下換我傻眼了，我隨便喊了另一道餐點，他就這麼剛好點了？

「都一起吃過好幾次飯了，對妳的口味還是有一定的了解。」他笑著說。

「嘖，別一副很懂我的樣子。」

我彆扭地瞪了他一眼，他也不氣惱，神色自然地替我倒水。

姜祈的態度看上去和之前沒什麼不同，如果那天我眞的強吻了他，他應該不會這麼淡定吧？

那個人不是姜祈，不是小俊，更不可能是始終待在一起的高仕睿以及另外兩名同仁。

我不禁開始懷疑，那個接吻的畫面只是一場夢境。

當我幾乎要說服自己時，姜祈忽然問：「妳對聚餐當天後來的事還有印象嗎？」

霎時，我感到無比地心慌，不明白他這麼問的理由究竟是什麼。

「什麼意思？」我強裝鎭定地反問，可拿著水杯的手卻抖了一下，甚至灑了幾滴出來。

見狀，姜祈像是故意似的，沒有繼續說下去，只是單手托腮，饒有興致地看著我，過了一會才說：「嗯……怎麼說呢？妳這個人還眞是挺出乎我意料的。」

我緊緊抿著雙唇，決定先按兵不動。

「之前一起吃飯看妳都會點啤酒，還以爲妳酒量很好，沒想到……」

這個人是眞的討人厭！要講就好好講，故意講一半是怎樣？

「想起來了嗎？」見我還是不說話，姜祈假裝親切地問了一句。

「聽不懂你在說什麼。」我咬牙裝傻，只要他不說出關鍵字，我打死都不會主動提。

他伸手推了推眼鏡，冷靜地開口：「我指的是那個吻。」

完了。那並不是夢，我居然眞的吻了姜祈！

就在我無比慌亂、手足無措的時候，負責上菜的服務生及時出現，讓我有短暫的幾分鐘可以整理思緒，想想該怎麼辯解或是該用什麼態度面對姜祈。

姜祈沒有步步緊逼，在服務生走後，也只是問我要選麵還是飯，這副從容的模樣，明擺著就是在試探我的反應。

事已至此，比起讓他吊著玩，我還不如主動出擊。

「抱歉，我後來喝醉了，才會親了你。」

姜祈拿著湯匙的手忽地一頓，他挑了挑眉，停下手邊的動作看著我。

我裝出一副稀鬆平常的態度，「我的酒量確實不是很好，之前聽朋友說我喝醉會亂親人，我還不信，沒想到居然是眞的。」

他沒有接話，低下頭用湯匙拌了拌燉飯。

我受不了在談論尷尬話題時的沉默，擠出了一抹微笑問道：「不好意思啦，但只是親了一下，應該沒關係吧？那總不至於是你的初吻？哈哈哈！」

「如果我說是呢？」姜祈抬頭，表情似笑非笑的。

我愣住了，沒想到自己竟在酒後奪走了姜祈的初吻？但我更震驚的是，他居然從未接過吻？

「我、我……」我再也無法故作輕鬆，畢竟那可是意義重大的吻啊！「對不起！我眞的喝醉了，而且我不知道那是你……總之，我很抱歉！」

姜祈噗哧一笑，「騙妳的啦，那不是我的初吻。」

「眞的？」

他又看了我幾秒鐘，才「嗯」了一聲。

「你該不會是怕我內疚，才裝作不是的吧？」我小心翼翼地問。

「不是，那眞的不是我的初吻。」姜祈笑了笑，「但妳以後喝酒還是注意點，換成別人的話，難保不會誤會妳喝醉後的吻。」

我愣了愣，突然聽懂了他話裡的意思。別人可能會誤會，但他不會。

哪怕我吻了他，他也不爲所動、不以爲意。

「知道了。」我輕輕地笑了，說不上來此刻是什麼樣的心情，只覺得心底空蕩蕩的。

這頓晚飯吃到後來，我可說是食不知味，就連平時最喜歡的義大利麵都感覺沒那麼好吃了。

我想應該是這間店的廚師換人了吧？以後再也不來了。

♥

那日之後，我不是很想再見到姜祈。

一想到我們接吻的事實，對他來說毫無意義，我就莫名地失落。

無論如何，那都是一個吻啊！爲什麼他可以一點也不放在心上？哪怕是尷尬、不知該怎麼和我相處，都比他展現出來的態度要好。

每每想到姜祈試探我的表情，我就很不甘心，總覺得自己被當成一個笑話看。

正想著要埋首工作，用忙碌轉移注意力時，我們組內有個同事突然提了離職。

和她負責相似業務的我，因此被主管指派要協助承接她大部分的職務。

原本的工作已經很忙了，現在還要多做別人的事，那我的加班時數不是會直接爆掉嗎？

於是我直接去找了副理，向他表明我現在的情況，已經難以負荷更多的工作。

副理露出爲難的表情，輕嘆了一口氣，「子芯，我懂妳的意思，但妳是我們組內做事比較仔細、能力也比較好的人，這件事交給妳，我比較放心啊。」

「副理，我很感謝你對我工作能力的信任，但我已經是組內加班時數最高的人了。我無意要跟其他人比較工時長短，只是想表達我真的無力再接下更多的工作了。」

「這樣吧，妳手頭上整理月報的工作，先暫時請瓅文幫妳，但我還是希望妳能協助承接Sarah的工作，就當成是我對妳小小的考驗吧！」他停頓了幾秒，像是在觀察我的反應，「子芯，妳的付出我一直都看在眼裡，也不瞞妳了，我目前打算從組內選出一位組長，之後再由組長重新分配每個人負責的職務，也好避免總是特定幾個人在加班。有些事不好明說，但妳很聰明，相信妳懂我的意思。」

我從副理的話裡聽出了他有意幫我升職的暗示，但前提是我必須接下Sarah的工作。

我咬咬唇，深思了半晌後道：「好，我先試試看吧。」

「我相信你能做得很好的。」副理喜上眉梢，拍了拍我的肩。

算了，讓自己再忙一點也好，忙到沒時間思考姜祈的事，那我也就不會過度在意他了。

然而，交接之後，我才漸漸意識到狀況不對。

這位離職同事身上背了許多別的部門的雜事，有很多我甚至都不明白和行銷分析有什麼關聯。

「欸，為什麼信用卡分期的利率是我們在管？銀行的活動專案不是Lilly那邊負責的嗎？」我忍不住問。

仕睿頭也沒抬就回道：「還用問？一定又是當初不知道該由誰處理，就交給我們組嘍，行銷部的資源回收室。」

將離職同事負責的事項統整好後，我便去找主管反應：「副理，為什麼當初這件事會突然變成我們在做？以前一直都是別的部門處理的啊。」

雖然我只是暫時承接這些業務，之後會再交接給未來的新人，但如果我們組總接下一些本不該屬於我們的業務，那只會讓我們組的工作職責變得越來越多、越來越雜。

雜事哪怕再小，堆積多了，終究會不堪負荷。

「當初開會的時候，新業務那邊說這件事不該由他們負責，硬是扯了一個理由說和商情有關，應該由我們處理。」副理一臉為難地說。

「所以你就答應了？」我不敢置信，對方的說詞不是擺明了在甩鍋嗎？為什麼還要把事情接過來？

「妳又不是不知道，我不喜歡跟別的部門起衝突，再加上那時候我們組不是很忙，這件事也不難，就當幫一下忙了。」

其實我們副理人還不錯，三十多歲的年紀，和下屬之間沒什麼隔閡，准假准得很大方，也不會把責任全丟給下屬扛，我們特別忙的時候，他也會留下來一起加班，是一位好相處的主管。

人很好是他的優點，但同時也是他最大的缺點。他不擅長扮黑臉又不懂得拒絕，因此其他部門的主管才會將雜事塞給我們組。

我很想直接去找那些部門講清楚權責分配，該是我們組做的事，我們不會卸責，但不該由我們承擔的就不該推過來，可我又不是主管，沒有這樣的權力也不適合代表部門，只好試著說服副理硬起來反抗他們。

我揉了揉眉心，「但問題是幫了之後這件事就變成我們的職責了，雜事增加了，就代表大家得加更多的班，來處理這些不是分內的工作。」

「子芯，我懂妳的意思，以後不會了，妳別這麼嚴肅啦。」他雙手合十，拜託我先忍一忍，「我有在努力找新人了，前幾天也面試幾個人了，等新人來了之後，妳就不會這麼忙了。」

「不是這個問題，不管是我還是新人，都不應該承接不屬於我們組職責範圍的業務啊。」頭好痛，他根本搞錯重點了好嗎？

副理拍了拍我的肩，「好，我答應妳，先撐過這段過渡期，過陣子我就會把這些事還給有關單位，行嗎？」

我其實還想再說點什麼，但既然他都已經說到這個份上了，我認爲還是應該給主管一點面子，只好應了一句：「好啦，但你要記得喔。」

副理鬆了一口氣，微笑著點頭，還給了我一包餅乾，跟我說辛苦了。

走回座位後，我還是覺得有點鬱悶。

儘管副理給出承諾，但我仍不放心，感覺他並沒有眞的將我的訴求放在心上。

手機震了震，我低頭一看，發現是久未聯繫的姜祈。

「妳最近很忙？」

「嗯。」這次我沒有刻意晚回訊息，很快便答覆他。

「再忙還是要吃飯吧？公司附近新開了一家韓式料理，今天一起去嗎？」

我本來想拒絕他的，但又覺得這樣會顯得我很在意和他接吻這事件，於是便答應了。

「今天不用加班？」點完餐後，姜祈隨口一問。

「我帶筆電回家了，吃飽再回家繼續做。」我指了指一旁的電腦包。

「回家做不就不能報加班費了？」

「這個月的時數早就爆了，反正都是無償加班，不如選個舒適點的地方。」我苦笑道。

姜祈蹙了蹙眉，「妳很常這樣嗎？」

「算是吧，但最近又更忙了。我們組有個同事離職，在找到新人之前，我要幫忙處理她的業務。」

白天剛跟副理談完，我現在正想找人吐吐苦水，索性就把濫好人副理接雜事回來的事都跟他說了。

我從等餐抱怨到上菜，甚至還邊吃邊罵副理跟其他部門的主管。

我想，我最近壓力實在太大了。以前我也會跟姜祈抱怨工作上的事，但卻不曾這麼情緒化。

不是怕姜祈會說出去，我還是挺信任他的，只是不習慣對他過於敞開心扉。

到我停下來以前，姜祈都沒有打斷我的話，只是安靜吃著飯，專注地聽我說。

「在我聽來，你們副理不過是在開空頭支票，以升妳當組長爲藉口，要妳承擔不合理的工作量。」姜祈挑了挑眉，表明不認同副理的做法，「是我也會選妳來接這個爛攤子，都不用主管說什麼，妳就會先自我說服，認爲被信賴了就必須做到最好，不能讓任何人失望。」

「我才……」

反駁的話才剛到嘴邊，就被姜祈打斷，「老實說，我不明白妳究竟是在努力什麼，又或者該說是在跟什麼較勁。」

我低下頭，隨意撥弄著碗裡的食物，想忽略他眼底的指責。

「這份工作並不適合妳，妳之前不是說想做專案嗎？妳在公司也待一段時間了，應該明確地知道這個職位是沒辦法讓妳做專案的。那為什麼明知道在這裡只能做一些妳不喜歡的工作，卻還要硬撐？」

姜祈其實勸過我幾次了，而我每次都會給他相似的說詞。

「不是我不想，我只是覺得自己應該累積一些工作經驗，做到一定年資再來跳槽，否則——」

「妳已經在我們公司工作兩年了吧？兩年的行銷分析經驗足以讓妳在面試時有很好的表現了，但妳眞的有考慮過離開嗎？還是說，妳只是沒有勇氣改變，不敢離開舒適圈，哪怕這裡一點也不舒適？」

憑藉這段時間和姜祈的相處，我很清楚他說的這些話沒有惡意，而且是對的，他一字不漏地點破了我眞實的想法和處境。

然而，最近的工作已經使我心力交瘁，再加上同時想起了那被他不當一回事的吻，所以我又變回那個面對姜祈時，像隻刺蝟的譚子芯。

我失去了理智，想著哪怕他是對的，他也沒資格這麼評判我！

於是我忍無可忍地反擊道：「你說夠了沒有？那你又喜歡什麼？你留在這間公司，難道是因為你喜歡這份工作嗎？你只是懶得改變、懶得行動而已。你根本就沒認眞爭取過任何人事物，這樣的你又憑什麼對我說教？」

待我發洩完情緒，迎上來的是一陣沉默。

姜祈本就不是一個情緒波動很大的人，他一向沉穩，即使碰上我心情較爲不佳的時候，他也總是從容地和我講道理。

但這是第一次，我看見他臉色一沉，漆黑的雙眸內彷彿深不見底。

我成功激怒了姜祈，但我卻一點也不開心。

我們誰也沒有再說話，只是安靜地把飯吃完。

走出餐廳時，姜祈打破沉默，說要陪我走去捷運站，我拒絕了他，胡謅要回公司拿東西。

他沒再堅持，我們就這麼不歡而散。

我不太想獨自待在家裡，怕會因爲心情煩躁而胡思亂想，於是乾脆回公司把預定要做的事完成再回家。

等離開公司時，已經是晚上十一點半，我很久沒這麼晚才回家了。

我拖著疲憊的步伐回到公寓時，看見站在我家門口左顧右盼的小俊。

一見到我，他微微皺起眉頭，「妳怎麼這麼晚才回家？」

「加班啊。」雖然有點累了，但我還是硬擠出了笑容，「找我有什麼事嗎？」

「程筱旎說妳最近比較忙，託我送點吃的給妳。」小俊小心翼翼地回道。

「我沒事，之前也這麼忙過啊，筱旎就愛瞎操心。」我跟他道謝並伸手接過他手中的保溫袋，「你記得幫我安撫她，不然她又要像之前那樣，逼著你每天幫我準備便當了。」

「妳都瘦成這樣了，還說沒事？」他壓低聲音，像是在克制某些情緒。

我刻意視而不見，試圖用輕鬆的語氣帶過，「看來我的減肥計畫總算有點成果了。」

「譚子芯！」小俊低吼了一聲，「妳可以不要這樣嗎？」

我已經很努力在壓抑壞心情了，他就非要撞在槍口上是吧？斂起笑，我冷聲道：「哪樣？」

「哪怕妳之前再忙，也不會忙到這個份上，我是真的很擔心妳，妳看起來——」

「你別說了。」我冷冷地打斷他的話，「我過得好或不好、瘦沒瘦，應該都不關你的事吧？請問你是基於什麼立場管我的？鄰居？朋友的弟弟？還是同情前女友的前男友？」

我知道我不該對他發脾氣，可我就是控制不住自己，甚至口不擇言地猛戳敏感的話題。

一發洩完，遲來的羞愧感這才湧現。

我別過頭，邊開門邊說：「抱歉，我今天真的很累，情緒不是很好，我先回——」

小傻拉住了我的手腕，迫使我抬眸看他。

「我能有什麼立場，不得取決於妳嗎？」

我愣了愣，不敢輕易開口，因爲直覺告訴我，他接下來要說的話，我或許承受不起。

「對我來說，妳從來就不只是前女友，而是一直以來喜歡的女人。」他露出一抹自嘲的微笑，「是妳同情我才對。」

♥

很久以前，我就清楚地認知到，自己不是一個很好相處的人。

除了性格難搞，又有許多不容妥協的小堅持外，愛情觀也滿奇特的，說白一點，就是我有很嚴重的戀愛潔癖。

如同多數大學生，我剛上大學時也被室友拉去參加了好幾場聯誼，也曾認識幾個印象不錯、聊得來的男生，可最後都因爲一樣的理由沒有繼續發展。

每當我在言談之間發現，對方同時在跟其他女生固定聊天時，前面積累的好感就會立刻散去，甚至喪失了再和對方深入交流的興致。

我會開始降低回覆訊息的頻率，態度也變得越來越冷淡，久而久之自然就不會再繼續聊天了。

筱旎勸過我好幾次，「你們又沒有交往，他當然有認識其他人的權利啊！別說是他了，妳也能同時和其他男生聊天，他這個舉動嚴格來說不算是有錯。」

我很清楚，無論是我還是對方，在相互認識的階段，本來就擁有認識不同人的自由。

「我知道，但我就是過不去這個坎。只要想到我只是那個人選擇題中的其中一個選項，可我卻認眞地把他當成一道是非題來作答，我就覺得自己很可笑，甚至覺得這段感情已經髒掉了。」

我淺淺一笑，「哪怕這段感情根本就還沒開始，只要我不是對方的首選……不，應該說是唯一，那我就不想要了。」

後來筱旎告訴我，每當我那樣笑的時候，看起來總是很落寞。

雖然我不太想承認，但在我內心深處確實還是跟別的女孩一樣渴望愛情，我也想被呵護，想成爲某個人心裡最特別的存在。

但我不甘於將就，也不願意成爲別人的將就，過分保護自己的心態，讓大學時的我當了整整三年的單身狗。

其實單身也沒什麼不好，我有足夠的時間充實自己，不會像身邊陷入愛河的朋友，時刻被另一個人左右心緒。

只不過是凡事都得靠自己，沒有一個隨傳隨到、聆聽自己心事的人在一旁，節日時會比較寂寞而已。

僅此而已，也不至於受不了。

可是，小俊卻在那年夏天告訴我，他喜歡我。

「我喜歡妳很久了，不然怎麼會花這麼多時間陪妳、接送妳，難道妳真以爲是因爲程筱旎的吩咐嗎？」小俊低垂著腦袋，輕聲道。

我不知道小俊是在什麼契機下喜歡上我的，也不知道他爲什麼喜歡我。

我是他姊姊的好朋友，我們瘋起來的樣子，他也不是沒見過，我在他面前可以說是毫無形象可言。

再加上，我們之間差了三歲，我高中的時候，他甚至還只是個國中生！

「對不起，我……」我下意識地道歉，對於從不知曉他的心情這件事，感到有些愧疚。

一聽見我道歉，他猛地抬頭，眼眸盡是失望之色，「就因爲我是程筱旎的弟弟，妳就永遠都不可能考慮我嗎？」

說實話，我第一反應是想拒絕的，不只是因爲他的身分，也不只是因爲我們的年齡差。

我無法清晰地分辨，我是否曾對小俊產生過不一樣的感覺，因為從認識他的那一刻，我就一直把他定位成弟弟的存在，對於任何超出弟弟這個身分的可能性，我是真的想都沒想過。

「譚子芯，妳可不可以不要急著拒絕我？」小俊像是猜到我的內心想法似的，嘆了一口氣，「我知道妳從沒考慮過我的愛情，但可不可以給我一個名正言順陪伴妳、照顧妳的機會？妳不是總抱怨自己為何單身這麼久嗎？能不能讓我成為那個和妳一起脫單的人？」

看見男孩專心注視著我的清澈雙眼，我承認，在頃刻間，我已為之動容。

他說他喜歡我很久了，是不是代表他給我的溫柔是獨一無二，他的這份喜歡未曾沾染過別人的色彩？

如果和他在一起，我是不是就不會再寂寞了？

「我們試試吧。」我聽見自己這麼說。

小俊有著濃眉大眼的好看外貌，個性體貼、脾氣也好……後面這兩點要歸功於筱旎那個惡姊姊的調教就是了，但總之，他或許是個無可挑剔的好男友。

客觀來說，要對這樣一個男生心動，應該是一件很容易的事，我也確實能在我們的相處之中，感受到自己對他的好感漸增。

然而，感情加深的同時，我也深刻地體認到，我們之間對於這份愛情的付出，有著極大的差異。

如果說我對他的感情，是淡淡的喜歡，那他對我的，就是濃烈的愛意了。

他總是凡事以我爲優先，把我照顧得無微不至，同時又怕我會覺得他太黏，所以小心翼翼地靠近。

我應該要很感動的，可是潛藏在感動之下的，還有對他越發濃厚的愧疚。

我應當給他等量的喜歡，可是我明白，我的喜歡遠不及他。漸漸的，愧疚感開始壓得我喘不過氣。

升上大四，我面臨著畢業壓力和出路未明的焦慮，和小俊的戀愛也成了我的壓力來源之一。

我開始避著他，用忙碌作爲減少見面和聯繫的理由。

某一天，我忽然意識到自己是多麼自私，希望對方把我當成唯一，自己卻用單薄的好感去支撐一段感情。

最終，我提了分手。

我告訴小俊，我們不要在一起了，我配不上他的好也不配他的喜歡。

我只記得他同意了分手，具體還說了什麼我記不清了，或者該說，我是故意忘記的，否則我會被愧疚感淹沒的。

但我始終忘不掉小俊當時的模樣，那受傷的眼神裡盛滿了絕望，可是他沒有哭，只是安靜地望著我，就如同此時此刻他的神情。

我也和當年一樣，震懾於他的目光，幾度欲言卻張不了口，就這麼僵在原地。

第四章　風吹來的時候

那一晚，我對小俊說我累了，之後便從他的身邊逃走了。

他沒有窮追不捨，只是在我睡前傳來了訊息，表明他的立場。

「知道妳是個工作狂，叫妳不要那麼拚也沒用，但最基本的身體健康還是要注意，妳總不會希望程筱旎叫我貼身照顧妳吧？早點休息，晚安。」

「還有，我今天說的那些話都是認眞的。」

說了那麼犯規的話，我怎麼可能不多想，是要怎麼早點休息？

更犯規的是他居然搬出筱旎來威脅我，逼得我後來三不五時就得傳幾張正餐照片給他，向他報備我眞的有好好吃飯。

小俊依然是那個十分了解我的小俊，知道不能在我忙碌的時候，給我平添更多壓力。

他沒有再提起那天的對話，也沒有追問我的想法，於是我也順勢以繁忙的工作爲由，刻意不去多想。

至於姜祈，我本以爲他生氣了，應該暫時不想搭理我，沒想到過沒幾天，他就問我要不要一起吃飯。

不問還好，一問反倒激怒了我。

他是覺得自己氣消原諒我了，大發慈悲地來找我嗎？生氣的人可不只有他！

那天我是說得有些過分了，但他說出口的話也沒很好聽啊。

帶著情緒，我一連婉拒了幾次姜祈的邀約。

他沒有勉強我，甚至還時不時給我投食。也不知道他是怎麼做到的，總能精準地趁我離開座位的空檔，將食物放在我的辦公桌上，再傳訊息跟我說那是他送的。

又一次收到我很喜歡的那家手工餅乾時，我突然覺得有點羞愧。

姜祈一定是看出我的彆扭，所以才用他自己的方式談和，不像我只是單方面怪他惹我生氣，卻也沒有主動把話講開。

最重要的是，我猛然發現隱藏在上回口角裡，我眞正生氣的理由。

我只是不願承認，自己是在氣他對於那意外的吻毫無反應。

爲了給自己一個適合的台階下，我決定以工作爲契機，藉此打破和姜祈之間的僵局。

於是，我在相對比較不忙的月底，主動向副理爭取要完成一個活動專案。

該專案沒有必須立即完成的急迫性，因此從我來到公司，這個專案就一直被往後遞延。

按理說，活動專案並不是我們部門的主要工作項目，所以副理對於我的要求感到很訝異。

「子芯，妳最近不是很忙嗎？新人要下個月才會報到，妳可能要再協助一陣子，妳確定還要接專案？」

他的意思是，就算我做了專案，原本的業務也都還是得做。

我點點頭，「你別擔心，就算參與專案，我也不會推託本該做的事。就像我們說好的，交接的項目我會做到新人來爲止。」

「好吧，但妳可別把自己搞得太累了啊！妳是我們組的最強戰力，要是妳倒下還得了。」

「我會量力而爲，也會找其他人幫忙的，別擔心。」

副理露出欣慰的表情，低聲對我說：「妳做事，我很放心。無論是Sarah的業務，還是這個專案，我都會在之後的升遷名單，彌補妳並獎勵妳的付出。」

我之所以要自找麻煩，給自己增加工作，除了想打破我和姜祈之間的僵局之外，也想向他證明，他錯看我了，我才不像他說的，沒有勇氣爭取自己想做的事。我比他要勇於踏出舒適圈！

我暗自下了決定，等專案結束，我就主動約姜祈吃飯，爲那天不是很好的態度道歉，也爲這陣子他的投食道謝吧。

將專案排進工作日程後，我又回到了沒日沒夜忙工作的狀態。

但這次和之前不同，我不是被動地被截止日期和壓力追著跑，而是幹勁滿滿地跑在預定的進度前。

我能清楚地感受到，參與專案所帶給我的成就感，遠遠大於平時的分析工作。

然而，過度沉浸於工作的壞習慣，還是帶來了危機。

又一次晚歸的路上，我踩著點搭上了捷運的末班車，走出捷運站時也沒有多想，一如往常拿出耳機，邊走邊低頭挑選音樂。

今天莫名地遲遲決定不了要聽什麼歌單，我才因此有機會發現身後的異樣——好像有人在跟著我。

我打開藍芽耳機的通透模式，停下了腳步，假裝翻找包包裡的東西，同時注意到身後的聲響也停了下來。

可當我繼續向前走，又聽見了無比清晰的腳步聲。

我極力保持鎮定，忍住想立刻回頭確認的衝動，以免打草驚蛇。

我悄悄地打開手機的前置鏡頭，發現不遠處街燈旁的巷口，確實有一抹黑色的影子藏身於轉彎處的死角。

看來並不是我的錯覺，眞的有人在跟蹤我。

怎麼辦？我該繞回捷運站嗎？會不會還沒走到，那個人就先追上來了？就算一口氣跑回家，我能跑過對方的腳程嗎？還是反倒會因此暴露了我的住處？

慌張和害怕的情緒瞬間湧上心頭，一向自認冷靜的我，大腦竟然一時之間一片空白。

我無法好好思考，只能憑著直覺反應，用顫抖著的手點開手機通訊錄，按下了通話鍵。

在等待電話接通的「嘟嘟——」聲中，我能感覺到的，只有自己慌亂無章的心跳聲。

「喂？」

聽到手機另一端傳來姜祈的聲音時，方才懸著的一顆心，這才終於找到了安放的位置。

「姜祈。」我如平時那樣喚了聲他的名字，沒想到發出來的聲音略微哽咽，聽起來像是在撒嬌。

不只是我被自己嚇到了，姜祈也頓了頓。

他清了清喉嚨，才道：「怎麼了？」

眼下的我沒有心思多想，加大了步伐，緊握著手機強迫自己鎮靜一些，「我好餓，你先幫我下幾顆水餃，馬上就到家了。」

「譚子芯，妳在哪？」聰明如姜祈，立刻察覺我的不對勁。

「我剛出捷運站。你不用來接我啦，我很快就到了，你在家門口等我就好。」

「離捷運站很遠嗎？能回去嗎？」話筒傳來一陣雜音，伴隨著東西被撞倒的聲音，我聽到他的咒罵聲，「該死！」

正準備開口時，我卻被自己紊亂的腳步絆倒，手機就這麼摔了出去。

我愣愣地看著手機撞上一公尺外的花圃，姜祈的聲音瞬間消失，螢幕直接染成了令人絕望的黑色。

我也顧不上撿手機了，趕忙站了起來，朝著租屋處的方向拔腿就跑。

跑沒幾步，我就聽見身後傳來了凌亂的腳步聲和粗重的喘息聲。那個人居然追了過來！

我沒有回頭，竭盡全力地向前奔跑，腦中除了驚恐還是驚恐，就怕一多想會拖慢我逃命的速度。

「子芯！」

霎時，在一片黑暗之中，我聽見前方傳來了叫喚我的聲音。

猛地抬頭，我看見站在遠方路燈下的小俊，眼淚瞬間奪眶而出。

我還是不敢停下腳步，也沒心思管止不住的淚究竟讓我有多狼狽，只知道奮不顧身地奔向眼前劃破黑暗的那束光。

終於，我和同樣朝我奔來的小俊會合了。

「小俊，剛剛……」還沒來得及拼湊完整的話語，我就被小俊用力抱入懷中。

「妳是笨蛋嗎？跟妳說很多次了，不要那麼晚回家，爲什麼就是不聽？都知道要晚歸了，爲什麼不叫我去接妳？」

「對不起。」小俊每罵一句，我就哭著複誦一次這三個字。

小俊從來沒對我這麼凶過，他絮絮叨叨地痛罵了我一頓，但我不氣也不惱。因爲他手上不斷收緊的力道和他所說的一字一句，只不過是在反覆訴說他有多麼害怕失去我。

平復好情緒之後，迎接我們的就是尷尬和難爲情。

小俊鬆開了手臂，我也向後退了一步，一時之間相對無語。

「啊！剛剛那個人！」我猛然想起，剛才應該叫小俊先去追他，抓他個現行才對，「你有看清楚他的長相嗎？」

小俊搖搖頭，「他戴著帽子跟口罩，看不清五官。明天我再陪妳去報警，請警方協助調監視器吧。」

在小俊的陪伴下，我往回走，找到了剛才被我摔出去的手機。螢幕有無數道裂痕不說，連開機都開不了。

「還以為能多撐一年再換手機呢。」我嘆了一口氣。

「人沒事比較重要。」

「也是。」我無奈地笑了笑。

送我回家後，小俊再三堅持要幫我煮完晚餐才肯走。

我知道他是擔心我一個人會害怕，才用煮晚餐的名義多陪我一會，所以我沒有拒絕他的好意。

小俊用剩飯快速地炒了一盤韓式泡菜炒飯，將餐點端上桌後，便一言不發地坐在旁邊的椅子上。他看似在滑手機，實則是在盯著我吃飯。

見狀，我不禁啞然失笑。

我的年紀明明比小俊大，但怎麼在他面前，我卻總是扮演被照顧的角色啊？

「妳還笑得出來？」小俊一臉嚴肅，「妳知道剛才的狀況有多危險嗎？萬一我沒有出去找妳，眞的出了什麼事怎麼辦？」

我趕緊斂起笑，「我不是……」

「我之前是不是跟妳說過，這麼晚回家很危險？」辯駁的話都還沒說出口，就被小俊乾脆地打斷。

「有，但……」

「明知道有人在後面跟蹤妳，妳的反應怎麼會是跑回家？那不就讓對方知道妳住哪了嗎？」

「我當下就是慌了，人……」

「慌了妳不知道走回捷運站再叫我過去接妳？想也知道那裡比小巷子安全。」

我差點忘了小俊生起氣來簡直和筱旎一模一樣，辯解只會換來更多的責罵，還不如乖乖挨訓，於是我也就不再反駁了。

許是賣乖的模樣有了效果，小俊的眉頭總算微微鬆動，但嘴上仍繼續念著：「以後要是加班超過十點，妳上捷運就跟我說一聲，我到捷運站接妳。」

我愣了愣，才張嘴想拒絕，他又搶先一步。

「算我拜託妳了，譚子芯。」小俊微微低著頭，嘆了口氣，「我真的承擔不起妳出事的風險。」

猶豫了半晌，我小心翼翼地對他說：「小俊，你可不可以不要對我這麼好？我已經很對不起你了，不能再欠你了。」

「妳知道嗎？以前我最不希望見到的就是妳同情我、對我感到愧疚。」小俊的聲音略微沙啞，似乎在隱忍某種情緒，「我從來就沒有因爲我付出的比較多而覺得委屈，無論是以前或是現在，一次都沒有。」

此時此刻的小俊，讓我想起他第一次吻我的那天。

他的眉頭緊蹙，臉上的表情像是總算下定了決心，「我一直不想給妳壓力，就怕又一次重回當年的結局，可是現在我已經決定了，我要走到妳的面前，哪怕是利用妳的愧疚感也沒關係。」

「小……」

「聽我說。」小俊忽然握住我的手腕，力道不輕也不重，讓我難以掙脫卻又不至於弄痛我，「拜託妳讓我說完，好不好？」

我有點害怕，但不是因爲他的行爲，而是因爲我知道他接下來想說的是什麼。

「我從來就不介意，當喜歡得比較多的那個人，也未曾因此而心理不平衡過，我反倒很高興妳願意給我名正言順對妳好的機會。」小俊深吸了一口氣後，緩緩地對我說：「是我之前沒有表達得很好，但我已經不是當年那個幼稚的程杭俊了，我不想錯過妳，譚子芯。」

我知道在小俊這麼說之前，我就應該要制止他的，這樣我們就能停留在安全的朋友關係，可是我卻忍不住因爲他無比認眞的神情而動容。

我的腦袋一片空白，平時一向很快的反應力，此時像電腦當機似的，完全不知道該怎麼回應。

「我……」我嘗試開口，卻怎麼都無法組織好語言。

這時，門鈴突然響了。

小俊自然地鬆開了抓著我手腕的手，我也跟著鬆了一口氣。

「我、我去應門。」

我逃也似的快步走到門邊，踮起腳尖，透過貓眼察看來者是何人時，卻看見了一個意想不到的人。

我很快地轉開門鎖，只見站在門外的姜祈額上布滿了細碎的汗珠，看上去略顯狼狽。

「姜祈？你怎麼來了？」他怎麼知道我家住哪？

「發生什麼事了？」姜祈一邊微微喘著氣，一邊問道，「爲什麼打給我說一些奇怪的話，又突然把電話掛了，還不接電話？」

我愣了愣，才回答：「剛剛手機摔出去了，開不了機。」

「剛才怎麼了？」

「進來說吧。你流了不少汗，不擦乾很容易感冒。」

姜祈進門後，我急著幫他找擦汗用的手帕，等我從房間走出來，才注意到他望著坐在餐桌邊的小俊。

啊，差點忘了小俊還在我家。現在的場面要多尷尬，就有多尷尬。

我假裝沒注意到姜祈的目光，將手帕遞給他，接著幫他倒了一杯水，想拖延面對的時間。

等我轉過身，他們已經不再大眼瞪小眼了，一個低頭滑手機，一個坐在沙發上安靜地看著我。

「謝謝。」從我手上接過水杯後，姜祈又問了一次：「剛才到底發生什麼事？」

我還來不及解釋，一旁的小俊不知為何搶先道：「子芯在回家的路上被跟蹤，但我去接她了，所以你不用擔心，她沒事。」

姜祈不是在問我嗎？小俊幹麼這麼熱地幫我回答？

更尷尬的是，姜祈壓根就沒理他，繼續對我說：「所以妳突然打給我，是因為發現有人在跟蹤妳嗎？」

我瞥了小俊一眼，他的臉色變得很難看。

「所以你突然跑來找我，是因為那通電話嗎？」我沒有回答，反問了一句。

「是。」出乎我意料的，姜祈很乾脆地承認，「妳的語氣明顯不對，又忽然失聯，我擔心出了什麼事。」

我一怔，「就因為這樣，大晚上的，你還特地跑過來？」

姜祈這個大懶鬼，居然會因此趕過來，令我難以置信。

「你也住這附近？真的出事，你能幹麼？」小俊哼了一聲。

姜祈沒看他，擺出似笑非笑的表情對我說：「怎麼說我都趕過來了，是不是應該要向妳富有同事愛的老同學表達一下感謝？」

「要感謝也是感謝我吧？」小俊雙手抱胸，看向姜祈的眼神充滿敵意，「遲來的幫助往往沒什麼用。」

這一次，姜祈沒有再視若無睹了，對著小俊笑了笑，「你在緊張什麼？」

為什麼此情此景會讓我有種偷情被抓包的錯覺？我跟這兩個人又沒在談戀愛。

小俊的心思很明顯，我知道他為什麼會討厭姜祈，但姜祈呢？

除了把小俊當空氣以外，姜祈好像也沒做什麼，可我就是感覺得出來，他很難得對某個人表現出了排斥的反應。

唉，我累了，不想應付這種修羅場。

見小俊又準備要回嘴，我沒好氣地制止這奇怪的氣氛繼續蔓延，「好了，現在已經很晚了，明天大家都還要上班，你們回去吧。」

「可是——」

「譚子——」

「停！」我抬手，不讓他們繼續說話，「你們不想休息，我想！所以請回吧，再見。」

準備開門送客時，我突然想起還沒幫他們介紹對方。

「呃，雖然有點遲了，但你們想知道對方是誰嗎？」我尷尬地問。

「不想。」

「沒興趣。」

好，當我沒說。

我站在門邊，看著小俊關上他家的門後，才看向準備下樓的姜祈。

一瞬間，我捕捉到姜祈尚未從小俊家門上收回的視線，但他很快就挪開了目光，轉而看著我。

「妳……」

見他欲言又止，我問：「嗯？」

「沒事。」姜祈搖了搖頭，「妳進去吧，公司見。」

我點點頭，很乾脆地關了門後，便偷偷躲在窗邊。

姜祈到了一樓後，先是打了通電話，之後就站在街邊看手機。我猜他應該是在等計程車。

盯著姜祈的背影，方才的疑問又一次浮現。他今晚究竟是爲什麼會大老遠跑來這裡？僅僅是因爲一通被掛斷的電話嗎？他到底是抱持怎樣的想法，才會立刻跑來見我？

越猜測我的腦子就越亂，決定乾脆傳訊息試探他時，才想起我的手機已經壽終正寢了。

我將窗簾稍稍拉開了一些，準備再看他一眼，卻正好和回頭往上看的姜祈對上眼了。

他先是愣了一下，接著勾起嘴角，露出恣意的笑。

偷看還被抓包令我又氣又惱，我拉開窗簾用唇語對他說：「看屁喔！」

我不確定姜祈到底有沒有看懂，他只是彎著笑眼，用唇語回應了簡單的一句：「晚安。」

朝我揮了揮手後，他拉開了剛抵達的計程車門。

看著計程車駛離，我拉上窗簾，頭輕輕地靠在牆邊，回顧這個混亂的夜晚。

我依然想不透姜祈今晚到訪的理由，但又慶幸他的出現，讓我能避開答覆小俊心意的窘迫。

隔天上班時，我寄了封Email給姜祈，用請他陪我去買手機的名義，約他一起吃晚餐。

把信寄出去後，我幾乎每隔三分鐘就會刷新一次信箱，可卻遲遲沒收到回信。

好啊，我都主動邀約，想用一頓飯前嫌盡釋了，他不想領情拉倒！

正當我關掉信箱，準備處理一些文書工作時，一旁的座機響了。

「您好？」

「用公司信箱約吃飯，是想讓ＩＴ知道妳在上班時間光明正大地偷懶？」電話另一頭傳來了姜祈懶洋洋的聲音。

「用公司座機打電話聊天的人，才沒資格這麼說。」

「今天不用加班？」

「買手機比較重要，一直不讀訊息，等等有人以爲我出事了怎麼辦？」

「妳的手機成癮症這麼嚴重嗎？」

「你少囉嗦。」

姜祈輕笑了幾聲，「那六點準時樓下見。」

掛斷電話後，我看見站在我座位旁的仕睿。

「嘖嘖嘖，是哪個部門的啊？沒想到我們家子芯居然……」他笑得既曖昧又討人厭。

我揚起一抹十分「友善」的微笑，「看來你今天沒什麼工作，應該可以幫忙處理要回覆主計處的那份報表對吧？」

「自己笑得春心蕩漾，還不讓人問？」他癟著嘴。

「春心蕩漾你個頭。」

「妳眞該看看自己剛才的表情。」

不就是跟姜祈講了幾句話嗎？是能有什麼表情？這人到底多愛製造八卦話題？

爲避免遇到公司同事，引起不必要的流言蜚語，我特地將吃飯地點選在另一條捷運線上的商場。

趁著候位空檔，姜祈先陪我去選購手機，等回到日式料理店門外時，正好就換我們進去用餐了。

「怎麼突然想到要約我吃飯？眞的只是爲了請我陪妳買手機？」姜祈邊擺放餐具邊問道。

「不是你自己叫我要答謝你的嗎？」

「妳應該不是這麼聽話的人吧。」

「對，所以待會由你買單。」我回答得很順。

「沒問題啊。不過妳的反應變快了，譚子芯。」他笑了笑。

這還不得感謝姜祈這個變態，時不時挖洞給我跳，久而久之，我都知道該怎麼擺他一道了。

「對了。」

「嗯？」

「我這陣子又變得更忙了，但不全是在忙離職同事的工作。」

我想讓他知道，我正在用我的方式努力靠近想做的事，我才不是他說的那種沒勇氣改變的人。

「我在做活動專案了。」我興沖沖地跟他分享了最近忙於專案碰到的事，還有我雀躍的心情，「雖然確實變得很忙，但總覺得比做分析時來得有成就感，畢竟一個是分析別人的成果，一個是自己從頭開始負責的項目，心境上完全不一樣。」

姜祈瞇著眼，輕笑出聲。

「你笑什麼？」我不滿地睨了他一眼。我這麼認眞在跟他分享工作心得，他到底有沒有認眞聽啊？

「笑妳啊。」

「你——」

「妳也太可愛了，剛剛的表情就像是等著討拍的貓咪。」

我一怔，接著感覺到頰上的溫度漸增，不用照鏡子都知道我一定是臉紅了。

「我、我才不要當貓，我是狗派的，哼。」

我胡言亂語的反駁，惹來了他臉上更深的笑意。

後來，壽司拼盤被端上了桌，姜祈自然地帶開話題，沒有繼續逗我。

「昨天那個在你家的男生是誰啊？」聊了一會公司的事之後，他忽然問道。

「你是說小……」我本來要回答，可又想起他剛才鬧我的樣子，故意勾起唇對他笑了笑，「你很想知道？」

我本來以爲姜祈會故意說他沒興趣了，沒想到他居然坦率地點了頭。

「為什麼你問我就得答啊？就不告訴你。」我對他吐了吐舌。

姜祈一點也不氣惱，放下了筷子，開始跟我談條件，「那我們交換一個祕密吧。我說一件妳之前問過的事，妳再回答我。」

「我問了什麼？」

他沒有正面回答，自顧自地開始說話：「那天妳說得沒有錯，我確實從來沒對什麼事認眞過，因爲一直以來我做什麼事都很容易。」

我很快地明白，姜祈指的是我們不歡而散的那天，我指責他時說的話。

「我家裡是家族企業，但妳別誤會，掌權的是表哥他們家，我不是什麼不願回家繼承家業的繼承人，眼神收一收。」姜祈伸手輕輕推了一下我的額頭。

腦中的胡思亂想被識破了，我有點不好意思，但還是好奇地問：「能偷偷說一下是哪家企業，讓我羨慕一下嗎？」

他說出一家股價高到我只買得起零股的公司，害我差點就回他「對不起，打擾了」。

「總之，我要是想到家裡經營的公司工作，當然也可以獲得一個還不錯的職位，再加上腦袋聰明的優勢，做什麼都不用太費力，漸漸地就變得不想努力也不想太認眞了。」

可能是我幽怨的眼神太明顯，姜祈笑了笑，「聰明這一點，身爲大學同學的妳可以作證吧？」

我哼了一聲，「我懷疑你不是在交換祕密，而是故意想氣我吧？」

「但這樣的人生其實也挺無趣的，就如妳所說的，我懶得改變也懶得行動，很少主動爭取，但最近……」姜祈斂起嘴角邊打趣的微笑，頓了幾秒，眼神直勾勾地盯著我。

氣氛變得有些曖昧，我不自覺地咽了咽口水，卻怎麼也無法別開眼。

在我的心跳快得我就要承受不住時，姜祈又擺出了一派輕鬆的表情，「我講完了，換妳。」

剛剛那算是什麼?他的一種試探嗎?

「妳跟昨天那個人是什麼關係？」見我還在發愣，姜祈又問。

「小俊是我好朋友的弟弟。」我小心翼翼地觀察他的表情，「也是我的前男友。」

「原來妳喜歡談姊弟戀啊。」

沒想到姜祈只是笑著調侃，我壓下失落的情緒，說道：「才不是，跟年齡無關，就只是剛好而已。」

「剛好因爲是他？」他漫不經心地說，「看來妳很喜歡他啊。」

「怎麼說呢，我跟小俊的事沒有那麼簡單。」我放下了筷子，開始回憶我和小俊之間的故事，「一開始，我只把他當成弟弟看待，沒想那麼多。」

「是嗎？」姜祈突然出聲，眼底含著笑地看向我，像是在質疑我的說詞。

聰明如他，我的謊言很快就被他識破，讓我不得不承認自己眞實的想法。

我嘖了一聲，「好啦好啦，我承認，我有一點察覺他對我不是那麼純粹的姊弟情，我只是不想改變那樣的關係，假裝不知道而已。」

每當有小俊喜歡我的跡象出現時，我總是會下意識地否認，覺得是我多想了，拚命洗腦自己，筱旎的弟弟就等於是我的弟弟，更何況我們還差了三歲。

「有人陪的感覺很好，但我其實不太確定，我當時對他的感覺到底是習慣還是愛情。在我辨明之前，他就跟我表白了，我也糊里糊塗地答應了。」

至今回想起那個雨天，仍能記起少年盛滿炙熱情感的雙眸，我又怎麼可能不爲之動容呢？

當下我的心情很複雜，有錯愕、有欣喜，也有擔憂。

對小俊居然打破現狀感到錯愕，爲自己能被一個人牢牢記在心上感到欣喜，因無法回報他熱烈的喜歡感到擔憂。

「其實我也不是沒有喜歡他，只是和他的喜歡相比，我的感情差得遠了。無論我付出多少，他總能向我投來雙倍，甚至更多的愛意，事事以我爲優先，哪怕我開始逃避他的感情，他也沒有責問我。明明這就是我期待中的偏愛，可是我卻越來越沒辦法面對他。」

說著說著，我開始有點擔心姜祈會覺得我恃寵而驕，因此我別開了視線，不敢直視他。

「他太好了，好到我覺得自私的自己，沒有資格擁有他的愛。我發現，我只是在利用他來塡補寂寞，原來我就是那種只想談戀愛，至於戀愛對象是誰都好的人，所以我逃走了。」

我不知道爲什麼我會將這麼一個醜陋又自私的自己，毫無保留地讓姜祈知道。

或許是因爲他主動向我訴說了他的祕密，也或許是我期待他能理解這樣的我。哪怕眞實的我如此的糟糕，我也希望姜祈能懂我。

「妳不用想那麼多，有時候對一個人好，本來就不是爲了要對方的回報，更何況妳也好好回應了，不需要對自己這麼嚴苛。」姜祈輕聲說道。

我側過頭看著他，發現他的神情中沒有任何鄙夷的意味，才總算鬆了一口氣。

「妳唷，總是想這麼多，不累嗎？」

「我就是這麼難搞啊。」

「那現在呢？」姜祈忽然問。

「什麼？」

「現在對妳來說，他是怎麼樣的存在？」

腦海中浮現了小俊那天幾乎等同表白的話，我又沉默了半晌，才開口道：「我也不清楚。」

他莞爾，「等想清楚了，記得告訴我。」

「姜祈。」我忍不住喚了一聲。

「嗯？」

「你有遇過讓你想要主動的人嗎？即使覺得有點麻煩，卻還是願意爲了對方自找麻煩的情況。」

我本想問姜祈，我對小俊的看法，對他來說很重要嗎？

然而開口時，卻換成了另一種說法的試探。

姜祈深深地看了我一眼，「有。」

透過他的眼神，我覺得他似乎想傳遞些什麼訊息給我，不想過度樂觀的同時，心底又有個聲音正在叫囂，那個讓他願意不犯懶的人，或許是我。

但下一秒，我突然想起那個會計系的學妹，想起姜祈看著她的眼神。

姜祈從未用那麼溫柔的目光看著我，所以他說的人，應該是她才對。

我又自作多情了。

情緒逐漸低落了下來，我自嘲地笑了笑，告訴自己，剛才的曖昧氛圍全是我多想了。

我也不想問他，讓他願意自找麻煩的人，究竟是不是那個學妹，畢竟誤以爲是自己已經夠狼狽了，我不想給他嘲笑我的機會。

只要我不問，姜祈就不會發現我很在意他，我也只要繼續假裝不在乎就好了。

就像我決定假裝，我也沒把聚餐那一夜的吻放在心上一樣。

後來，我請筱旎陪我去警察局報案。

在捋清思緒之前，還是暫時不要再麻煩小俊比較好，就算因此要被筱旎念好幾個小時，我也心甘情願。

跟蹤我的人戴著帽子跟口罩，不太容易辨認，要找到他還需要花些時間，但警察承諾這陣子會加強我們社區附近的巡邏。我也只好將工作帶回家處理，反正加班時數都爆掉了，不如回家加班，心理上會輕鬆一點點。

可是當小俊從筱旎那得知我在家裡還是在加班後，便開始會藉著她的名義送慰問品過來。

恰到好處的理由和頻率，讓我難以拒絕。

我知道小俊是在用自己的方式對我好，擔心太過頻繁和積極會給我壓力，所以才小心翼翼地行動。

儘管心疼這樣的小俊，我卻仍舊無法毫無顧忌地接受他的照顧。面對那日近乎告白的話語，我也暫且選擇了逃避。

在忙碌之中，日子很快就過去了，根本沒有多餘的時間讓我思考感情的事。

忙得昏天暗地的我，唯一值得慶幸的是，專案終於順利完成了。

這只是一個小型專案，所以不會有部門等級的慶功宴，但作爲替代，副理主動提議要請組內的同事喝飲料。

我在意的當然不是慶功與否，而是這個過程中我所獲得的成就感。

我突然就懂了人們爲什麼總說，只要是做自己眞正感興趣的事，哪怕再累都能動力滿滿。

姜祈是對的，我眞正想做的工作確實是行銷企劃而非分析。

一想到他，我就突然很想見他。

低下頭，我發了一則訊息給他：「欸，跟你說一聲，專案順利結束啦。」

「恭喜啊。晚上幫妳慶功？」姜祈幾乎是秒回，讓我忍不住懷疑他正在摸魚。

「回那麼快，在當薪水小偷？」

「妳應該不介意我用偷來的薪水請妳吃飯吧？」

「這就要看餐廳有多高級了。」

「什麼時候讓妳失望過？」

我忍不住笑了，隨即趕緊摀上嘴巴，就怕被周遭的人看見，會像上次那樣被仕睿打趣。

姜祈確實是吃貨一枚，選的餐廳幾乎不會踩雷，對於請客也從未小氣過。

有時候我不禁懷疑，每次慫恿他請客，他總是毫不猶豫地答應，這樣是不是一種對我很好的表現？

可是下一秒，我又會想起姜祈看著那個學妹吃蛋糕的寵溺眼神。

相比面對我時的游刃有餘，那才是對喜歡的人會有的表情啊。

晚餐定在一家很有名的無菜單料理餐廳，姜祈預約了一間小包廂，讓用餐氛圍高了一個層級。

我一看到套餐價格就被嚇到了。

「你是發票中獎了嗎？」我睨了他一眼，「雖然是我說要高級點，但我可沒說要這種程度喔。」

「既然要慶祝就得隆重點。」姜祈面不改色地說道。

「你也去弄個專案好了，這樣我才好回請你。」我還是不太習慣欠人的感覺。

他莞爾，「妳什麼時候看過法務弄專案了？」

「還是我下一個專案特別邀請你當法律顧問？」

「那不還是妳的專案嗎？」

「對吼。」

「妳不需要有負擔，總有讓妳請客的機會。」姜祈淡淡地點破我沒說出口的難爲情。

「這是校友的特殊福利嗎？」我邊問，邊拿起水杯喝水。

「這是譚子芯的特殊福利。」

聞言，我被水嗆了一下。

姜祈笑著遞了張紙巾給我，像是在嘲笑我的失態。

「咳……你不要說這種話。」好不容易緩了過來，我怒瞪著他。

「哪種話？」

會讓我誤會的話。

然而，當我開口時，說的卻是：「噁心的話。」

「我陳述事實而已。」他聳聳肩，「畢竟跟我是校友又是同事的人只有妳啊。」

原來是這樣啊。我強壓下失落感，「呿，還是噁心。」

配著一道道美味料理，我主動和姜祈分享專案的籌備細節和成果。

我和他雖然是在不同部門工作，但總歸是在同一間公司，所以他大致上還是能聽懂我在忙些什麼。

姜祈非常有儀式感地開了一瓶香檳，說慶功就要有慶功的樣子。

幾杯香檳下肚，有些微醺的感覺讓我的心情逐漸放鬆了下來。

我單手托腮，盯著眼前的姜祈，「欸，你為什麼從以前就一副阿宅的樣子？」

他也不生氣，笑了笑，「現在連我的外型都要管了？」

我伸手捋順了他亂翹的頭髮，他不閃也不躲，甚至微微低頭任由我肆意妄為。

興致來了的我得寸進尺，「我好像都沒看過你沒戴眼鏡的樣子。」

「是嗎？」他挑了挑眉，「妳今天怎麼對我這麼感興趣？」

「不給看拉倒。」

「譚子芯，妳是本來就脾氣不好，還是對我特別不好？」

「可能都有吧。」我撇撇嘴。

「妳拿吧。」他閉上眼睛，示意我自己動手。

我輕輕將他的眼鏡拿了下來，手卻還是不小心擦過他的頭髮，霎時有些緊張。

姜祈張開眼，笑著看我，「有哪裡不一樣嗎？」

我此刻才發現，那副厚重的黑框眼鏡一直擋住了他好看的棕色雙眸，雖然摘下眼鏡的他依然是小眼睛，但他挺拔的鼻樑現在看起來更顯眼……停！不准往下看他的嘴唇！

我別開眼，「你還是戴眼鏡好了。」

「這是褒還是貶啊？」

「叫你一直戴眼鏡，你覺得呢？」

姜祈的臉上堆滿了笑，讓我一時之間看不出，他是否已看透了我剛才的想法。其實，我希望他這副模樣只有我能看見。

趁他將眼鏡戴回去的空檔，我自然地岔開了話題：「我最近在考慮，自己是不是該換份工作了。雖然可以用內部轉調的方式，換到更偏向行銷企劃的組別，但行銷部辦公室都在同一層樓，抬頭不見低頭見的，總覺得對副理不太好意思，而且我也想換個產業試試看。你覺得呢？」

「我覺得很好啊。」姜祈啜飲了一小口酒，才接著道：「想換產業的話，直接換工作確實是最好的選擇，但如果是怕見到你們副理會尷尬，那就不必了，妳沒有欠他什麼，職場上本就該以自己的利益為優先。」

我方才還躁動著的心漸漸冷了下來，原來對他來說，我那麼可有可無，即便離職後，我們或許會再無交集，他也不在意。

我將難過咽了回去，硬是擠出笑容，「要是我離職了，以後在公司沒人跟你吵架、沒人陪你吃飯，你不會寂寞嗎？」

沒想到，姜祈居然開玩笑道：「譚子芯，妳是不是喜歡我？」

「放屁。」當下我已經顧不得氣質和形象，下意識立刻反駁。

「那妳聚餐當天，爲什麼要親我？」他滿眼皆是笑意，很故意地問。

「就說那是意外！而且大家都是成年人了，只是個吻而已，不算什麼。」

「喔？」姜祈挑眉，顯然不相信我說的話，「對妳來說，接吻是這麼無所謂的事？」

面對他滿是調侃意味的質疑，我有些惱羞成怒。

被怒意沖昏了頭，我微微站起身並向前傾，伸手拉住姜祈的領帶，將他帶向我，就這麼吻上他的唇。

我一定是瘋了。

只有瘋了，才會爲了向他證明那個吻不算什麼，而又吻了他一次。

但我想瘋了的人應該不只我一個，否則姜祈又怎麼會回應我的吻？

起初，只是唇上繾綣的輕吻，但過了一會，他竟反客爲主，纏住了我的舌頭。進一步地掠奪讓我動彈不得，只能本能地回應他。

原本我們還隔著一張桌子，吻著吻著竟都站了起來，兩人之間的距離也貼得越來越近。

在我幾乎要呼吸困難時，姜祈忽然抬起頭，輕啄著我的臉頰，直至我的耳畔。

他凌亂的喘氣聲和熱氣就這麼吐在我的耳邊，雞皮疙瘩隨之爬上我的手臂，我無所適從地等待著他的下一步動作。

下一秒，姜祈附在我的耳邊，告訴我：「譚子芯，妳那天吻的人其實不是我。」

第五章 幾年幾月幾天

我轉過頭，看著眼前的姜祈。

他退開了一步，嘴角邊掛著曖昧不明的笑，令我難以得知他眞實的情緒。

什麼叫做我那天吻的人不是他？那我吻的是誰？他又爲什麼要讓我誤以爲那個人是他？

感到震驚之餘，羞憤也隨之而來。

這段時間以來，姜祈究竟是抱持著什麼樣的心態，提起聚餐當天的吻？

難道他眞的認爲，我是一個會在酒後胡亂和男人接吻的女人，甚至覺得我很可笑，才會以此來嘲諷我嗎？

我緊咬著唇，感到很難堪，憤怒地瞪著他。

「看我笑話很開心嗎？」我自嘲地笑了笑。

不等他接話，我拎起了包包，轉身走出包廂，頭也不回地離開餐廳。

一搭上計程車，我立刻打給筱旎。

「子芯，怎麼啦？」

「妳再跟我說一次，我聚餐喝醉那天，到底是怎麼回到家的？」我著急地問。

「爲什麼突然這麼問？小俊帶妳回家的啊，但你們是在哪遇到的，我就不清楚了，我只知道你們是一起搭計程車回來的。」

揉了揉太陽穴，無論我多努力回想，卻還是想不起當晚的細節。

我忽地想起我追問小俊的那天，他含糊的回答和迴避問題的態度都很可疑。如果和我接吻的人不是姜祈，那最有可能的人選，只能是送我回家的小俊。

「爲什麼他不說呢？我還以爲……」

「子芯？」筱旎的聲音有著幾分擔心，「發生什麼事了？我去找妳好嗎？」

「嗯。」我的腦子一片混亂，因此沒有拒絕筱旎的好意。

此時此刻，我需要一個中立的局外人，陪我拼湊出那一天的眞相。

當晚，筱旎在我家留宿，徹夜陪我談心。

「有件事我要跟妳自首，但妳要先答應我，妳不會揍我。」我怯懦地舉起雙手，擺出投降的姿勢。

筱旎翻了個白眼，「不管妳說不說，我都會揍妳，要是想少挨點揍，妳就快說。」

「其實……」我咽了咽口水，鼓起勇氣，「我跟小俊短暫交往過一陣子。」見她臉色一變，我趕緊補充道：「是在大學的時候！絕對沒做什麼傷天害理、違法亂紀的事，我保證！」

我閉上眼睛，將手臂橫擋在臉前，卻遲遲沒有等到預料中的攻擊。

我這才睜開了眼，偷偷瞥向筱旎，她的神情複雜，但已經比我預想得要冷靜很多了。

「我早就知道你們有點什麼了，你們兩人見到對方的反應都很不自然好嗎？還自以爲瞞得很好？」筱旎冷哼一聲，「不過親耳聽到好朋友跟我說，她就是我那個白目弟弟念念不忘的前女友，心情還是挺奇怪的。」

我愣了愣，結結巴巴地說：「妳、妳早就發現了？念念不忘的前女友？」

她點了點頭，「有一陣子小俊的狀態不是很好，哪怕我嚴刑拷打，他也只說被甩了，其他關於前女友的細節，他一個字都不肯提。我想安慰他就罵了他前女友幾句，沒想到那個臭小子居然還跟我翻臉！」

「但我們分手後也沒碰過面啊，妳是怎麼發現我就是小俊的前女友？」

「有一次我拿到了演唱會的公關票，隨口提了要找妳和我們一起去看，他當時的反應太怪了，外加跟他朋友探聽到的前女友情報，就猜到是妳了。」

我無言以對，姊姊的直覺實在太可怕了。

緩了半晌，我才接著問：「那妳怎麼沒有問我？」

「我很想問啊，但既然妳瞞了我這麼久，就代表妳不想讓我知道，我硬要追問的話，不是會讓妳很尷尬嗎？小俊跟妳是你們兩個之間的事，沒道理讓你們的事影響我們的友情吧？」

筱旋的善解人意反而讓我更有愧於她，明明她是我最要好的朋友，我卻不敢讓她知道我和小俊的過去，我早該想到她不是會因爲這種事責怪我的人。

「以後不准再因爲我是小俊的姊姊而瞞著我了，知道嗎？妳跟小俊放在一起讓我選的話，我還不一定選他呢！」她揚了揚下巴，儼然一副惡姊姊的模樣，「現在可以直搗重點了吧？我太了解妳了，要沒什麼事，妳怎麼可能會向我坦承隱瞞了這麼久的事？」

最難說出口的事已經坦白，要接著講後續的發展就容易多了。

我跟筱旋簡述了聚餐當天我零碎的記憶片段，還說了姜祈誤導我，讓我以爲和我接吻的人是他的事，還有最重要的，我合理地推斷那個和我接吻的苦主其實是小俊，而且他有心要瞞著我這件事。

筱旋聽完後，沉思了好一會，「老實說，我不想也覺得自己不該插手弟弟的感情，我既是小俊的姊姊也是妳的好朋友，感覺說什麼都很像是在站隊。」

「我懂妳的意思，但沒關係，妳就說妳想說的吧。」我很清楚筱旋是什麼樣的人，一點也不擔心她會假裝中立實則偏袒誰。

「以我對小俊的了解，他之所以沒說出妳親了他的事，代表他眞的很喜歡妳。」她直視著我，輕聲地說，「我很了解妳，小俊也不遑多讓，所以他一定是怕妳會覺得尷尬、愧疚或是困擾，才選擇不說。」

「小俊曾說過，他不想錯過我，假如他的意思是想和我重新開始，那他不是應該利用這件事來拉近距離嗎？」

筱旎淺淺一笑，「所以我才說他是眞的很喜歡妳啊，喜歡到捨不得妳爲此煩惱，寧可放棄這個大好機會。喜歡不就是這樣嗎？哪怕是吃虧也甘之如飴。」

我沒有應聲，窩在沙發上，雙手抱膝，回想過往的一切。

我想起小俊專注望著我的眼神，又想起了儘管相信眞愛存在，卻總覺得它不會降臨到自己身上的我。

明明我一直都是被愛著的啊！我是那麼地渴望成爲某個人的是非題，而小俊正是那個一直把我當成唯一的人，爲何我卻視而不見？

我枕在手臂上，感覺到筱旎正輕輕拍著我的背。

「沒關係的，子芯。妳不需要回應所有朝妳投來的感情，也不是每一份感動最終都會變成心動。那是小俊的選擇，妳不需要把它變成妳的壓力。」筱旎的聲音很溫柔，恰到好處地安撫了剛浮現於我心頭的愧疚，「最重要的是，妳得想清楚自己想要的究竟是什麼。」

閉上雙眼，我的腦海裡忽然出現那個令我猜不透的身影。

可是，我一點也不想喜歡上他。我不想在付出感情之後，才發現他無法回應我對等的愛情。

只有不喜歡上他，我才不會受傷。

我整夜都沒有睡好。

隔天一早，我趁著筱旎還在補眠，走到隔壁按了門鈴。

小俊睡眼惺忪地打開門，「誰……」

一見門外的人是我，他顯然被嚇了一跳。

「子芯？怎麼了？」

「爲什麼不告訴我，我喝醉那天強吻的人是你？」

我知道這麼做挺唐突的，但睡眠不足，再加上睡前都在思考與他有關的事，導致我現在很情緒化。

小俊先是一怔，接著眼神開始閃躲，「我、我沒……」

「你說啊！出糗的人是我，你有什麼不敢說的？」

他安靜地看著我，過了好一會才答道：「因爲我知道妳愛面子，要是跟妳說了，妳可能就會一直躲著我。」

「但你應該要問啊！問我爲什麼親你，爲什麼提了分手還做這種事？」

「我很想問，想問妳爲什麼要給我無謂的希望？我好不容易壓抑了對妳的感情，妳卻毫不猶豫地揭穿了我的僞裝。」小俊擠出一個難看的微笑，「可是我不敢，只要想到妳可能會逃開，我就問不出口了。」

我突然有點想哭，視線所及漸漸染上了霧氣。

「程杭俊，你怎麼那麼傻啊？」含著淚，我伸出拳頭輕捶他的肩膀，「你爲什麼要這麼喜歡我？我到底哪裡好了？有好到值得你喜歡這麼久都還放不下嗎？」

我不是那種沒有自信、認爲自己不值得被愛的人。我只是不懂，小俊到底爲何會如此喜歡我，喜歡到被我狠狠傷過卻依然放不下？

「我見過妳最好看、最有自信的模樣，也在相處之中，看到妳最狼狽、最不堪的時候，後者甚至可能比前者還要多。我才發覺，無論妳是什麼樣子，我都喜歡，所以才難以忘懷。」小俊伸出手，握住我的手腕，制止我捶打他的動作，「譚子芯，我喜歡妳很久很久了，這六年多以來，我都只喜歡妳，哪怕妳說不想在一起了，我也從未放下對妳的感情。」

他的眼神透亮，表情也越發堅定。

「能不能再給我一次照顧妳的機會？我不想再看到妳逞強的樣子，想成爲妳疲憊時能放心休息的港灣，哪怕我的喜歡比妳要濃烈許多也沒關係，我只求妳不要再因爲這種理由推開我。」

我不知道該如何避開他過於眞摯的表白，只好繞著圈子說話：「你有沒有想過，你當初會喜歡上我，或許只是因爲我們之間的距離太近了？我可能是除了筱旋之外離你最近的女生，所以你才會誤以爲那是愛情，但其實我們之間有不少差距……」

「譚子芯，妳可以不喜歡我，但妳不可以質疑我的感情。」小俊打斷我的話，神情看上去有點受傷，卻沒有半點退縮，「三年三個月又十六天，這是我們之間永遠都會相隔的距離，但這又算什麼？我會努力抹去這段差距的。」

他說完這句話的同時，撐在我眼睫間的淚滴迎風落了下來。

就算再怎麼倔，面對一個沒有一絲猶豫、堅定選擇自己的人，都不可能不爲之所動。

我想起了今早姜祈傳來的那則訊息：「無論妳心中現在有多少種揣測，那些都不是我這麼做的本意，妳能不能別又一次誤會我？」

我突然覺得好累。

姜祈明明大可以直言他的本意，卻總是不把話說清楚，要猜測他的想法實在是太累了。

我甚至萌生了一個衝動的念頭，比起姜祈這麼複雜的人，或許小俊才是眞正適合我的人。

但理智告訴我，不能在情緒不穩的時候做選擇。

「我承認，我差一點就要答應了。」抹了抹眼淚，我抬頭直視小俊的目光，「但我怕我就這麼答應你的告白，我們也只會重蹈覆轍。我們先試著相處看看，慢慢來，好嗎？」

聽見我這麼說，小俊笑了。

這大概是重逢以來，他在我面前笑得最放鬆又最明亮的一次吧。

不只是試著敞開心扉和小俊相處，我還決定拉開我和姜祈之間的距離。

如果對姜祈來說，我不過是他乏味上班日常中的一點樂趣，那我認爲，我們還不如退回不熟識的關係。

我賭氣般地回覆姜祈兩個字：「不能。」

接著我便關閉他的訊息提醒，不讀也不回。

我希望他不會發現，我只能用這麼拙劣的方式，將他從我的腦海中一點一滴地挪除。

期間，我不時會從同事那裡聽說，施予珮仍然在向姜祈發動攻勢，也曾經親眼目睹過幾次，並下意識地避開了。

我不知道自己爲什麼避開，明明在調情的人又不是我。可能是看到姜祈過得爽我就不爽吧，我承認我有點不是滋味，但都是成熟的大人了，壓下這種異樣情緒還是做得到的。

眼不見爲淨，我在心底默念了三次這句話。總有一天，我能不再被姜祈影響心緒的。

♥

我以爲在我努力戒掉名爲姜祈的壞習慣時，日子會慢慢趨於平靜。

萬萬沒想到，在年初的時候，公司突然發布了升遷名單。

更沒想到的是，被升爲營銷管理暨商情分析組副組長的人不是我，而是璨文。

刹那間，我還有些恍惚，等意識到究竟發生了什麼事之後，我氣得直發抖。

我之所以生氣，不是對璨文有什麼意見，畢竟我們平時關係也還不錯。我氣的是，明明我如約承擔了Sarah的工作，也好好地交接給後來入職的新人，確保過渡期沒有任何工作出差錯，甚至還額外完成了專案，爲我們組爭取了榮耀，爲什麼沒有得到說好的升職？

雖然組內沒人知道副理給我的口頭承諾，但這段時間我付出了多少，同事們都看在眼裡，所以在公告出來的時候，大家紛紛朝我投來同情的目光，接著才有些尷尬地恭喜瓅文。

我一直忍到午休時間才跑去找副理。

敲了敲他辦公桌的隔板，我說：「副理，有件事想占用你一點時間。」

他的表情瞬間閃過一絲不自然，儘管很快恢復鎮定，我還是注意到了。

「子芯？怎麼啦？」

他是把我當傻子嗎？這麼明顯的裝傻我會看不出來？

我不想在安靜的午休時間被全辦公室的人看笑話，於是堅持要到一旁的會議室談，副理這才不情願地跟我一起走到會議室。

很顯然，他知道我想談什麼，並且心虛了，才會不敢跟我獨處。

「副理，之前我們約好了，我協助承接Sarah的工作，直到新人來爲止，我如約完成了，還有最近剛結束的專案，也替我們組的評鑑加了不少分。我自認在工作上盡了百分之百的努力，不曉得我近期的工作表現，是有哪裡讓副理不太滿意嗎？」

我才不會傻到質問主管爲什麼沒有讓我升職，而是先委婉地暗示他。

「喔，妳是說早上公告的事啊。」估計是看無法再迴避這個話題，副理臉上堆起一個和藹可親的笑容，可是這一次我卻一點都不覺得親切。「我當然還記得我們約定好的事，我本來也是想在這次的升遷中，提妳爲組長的，可惜妳的年資還不太夠啊。」

聞言，我連假笑都擠不出來了，「那爲什麼升了瓅文呢？我跟她差不多時間進公司，年資也相同啊。」

「瓅文升的是副組長啊，我原定的計畫就是妳當組長，她當副組長，副組長不受年資限制，所以我才會先升她上去，等妳年資到了的時候，就會升妳了。」

看著他一本正經狡辯的模樣，我的心漸漸冷了下來。

這是什麼歪理？既然副組長不受年資限制，不是應當先升我爲副組長，等我符合組長年資，再升我爲組長嗎？副理這麼一搞，哪怕我之後眞的被升爲組長，不明就裡的人也會說我踩在身爲副組長的瓅文頭上，跳級往上爬。

過了半晌，我還是遲遲沒有接話，副理乾咳了兩聲，「子芯，妳別失望，我答應妳的事一定會做到，我會再跟上級爭取看看能不能破格晉升，盡可能讓妳出現在下次的升職名單好嗎？」

我現在才聽出來，他就是在畫大餅，用輕飄飄的口頭承諾讓我滿腔熱血地替他賣命，合理化我一點都不合理的工作量。

思及此，我忽然覺得這個想法似乎有點耳熟。

「在我聽來，你們副理不過是在開空頭支票，以升妳當組長爲藉口，要妳承擔不合理的工作量。」

是啊，姜祈早就提醒過我了，是我自己傻傻地執意相信那些空頭支票，甚至拿私人時間和健康去拚命。

我自嘲地笑了笑，沒想到這一幕卻激怒了本就心虛的副理。

「譚子芯，雖然我平時都很樂意與你們溝通，但希望妳不要忘記我是主管，我做的每個決策都有它的意義。」副理將雙手插進兩側口袋，板起臉，「是，Sarah的工作是我請妳幫忙的，但那個專案可是妳自己說要接的，我從未強迫過妳，而且組內的大家都很努力地配合妳，順利完成是我們組每一個人的功勞！妳跟瓅文不是朋友嗎？她工作上有得罪妳嗎？我們是一個團隊！爲什麼妳就不能爲隊內夥伴的成功感到高興呢？」

專案能完成確實不只是我一個人的成果，但作爲負責人，我爲其投注的心血絕對比其他人要多很多，大家也都是抱持著「幫我」的態度在一旁「協助」，可事情到他嘴裡，怎麼就變得像是我在搶功勞了？部門評鑑加分的時候，大家不都同樣受益了嗎？

我也沒有在針對瓅文，只是在年資相同的情況下，我做的事、加的班明顯要比她多很多，難道我不應該先獲得升遷的機會嗎？

我忽然覺得不認識眼前這個人了。曾經我以爲他是一位明事理、易溝通的好主管，沒想到他只是在不想得罪人時扮演濫好人，讓下屬爲他的軟弱買單，等被看破手腳後，才又擺出主管姿態教訓人。

我不想跟他爭辯了，因爲沒有意義。

「我明白您的意思了，副理。」我面無表情地說道，「謝謝您的教誨，受益良多。」

「妳……」

「請問還有什麼事嗎？沒事的話，我先回座位了。」

副理看上去還想說點什麼圓場，但看了我一眼後，只是擺擺手，「沒事了。」

毀滅吧！這個組，這個部門，這間公司。回到了座位之後，我滿腦子都是這個想法。

事情誰愛做誰去做，加班誰愛加誰去加，我決定擺爛了。

雖然這麼想，但我下午還是一件不落地把待辦事項上的事都處理完了，我可能就是天生的勞碌命吧。我最後的倔強，就只剩準時下班了。

然而，準備下班時，瓅文卻跑來找我。

「子芯，妳要下班了嗎？我們一起去吃晚餐好不好？」她朝我露出了一個靦腆的笑容。

瓅文對我的態度一向和氣，而我也想證明，我根本沒有嫉妒她，因此點頭答應了她的邀約。

我們搭乘捷運，去了距離公司好幾站之外的一家餐館，這家餐館看起來並不是什麼排隊名店，我有些不解爲什麼要大老遠過來這裡吃飯。

本以爲是瓅文之前來過，覺得特別好吃才想推薦給我，沒想到她說她也是第一次來。

「妳怎麼會想在平日來這麼遠的地方吃飯？」選好餐點後，我忍不住問。

「因爲這裡離公司比較遠啊，才不會碰到認識的人。」她笑了笑。

瓅文的這句話，讓我意識到今晚的飯局並不單純。倘若她只是單純覺得升遷結果會讓我們之間尷尬，想破冰、緩和氣氛，不需要刻意選離公司很遠的餐館。

「有什麼話非得避著公司的人才能說？」我回以她一抹微笑。

瓅文沒有正面回答，而是反問：「子芯，今天發布的升遷名單，讓妳很不悅吧？」

我愣了愣，但很快恢復鎮定，「是有點意外，但無論如何還是恭喜妳。」

她突然笑了，「妳不用勉強自己啦，明明都氣得去找主管理論了，怎麼還會想恭喜我？」

「妳看到了？事情不是……」

「我沒看到，是副理跟我說的。」

我本來想跟瓅文解釋，是副理先前的承諾讓我有所期待，所以我才會感到失落，跟她無關，但現在我卻因她的回答而僵住了。

「他爲什麼要跟妳說這個？」

副理是瘋了嗎？這又不是什麼光彩的事，任誰聽了都會覺得他不守信用，他還要自曝其短，甚至跟另一位當事人說？

「不只是這件事，還有你們之前說好的事，我也全部都知道。」瓅文一反常態地淡定。

「什麼意思？」我蹙眉，漸漸聽出她的言外之意。

「他什麼都會跟我說。」她的臉上依舊掛著溫婉的微笑，其中的含意卻不似平日那般友善，「字面上的意思。妳這麼聰明，應該聽得懂吧？」

「妳跟副理？」理解了她的暗示後，我驚訝地看著她，「不可能吧？」

「爲什麼不可能？」

「妳應該也很清楚爲什麼才對。副理已經有交往多年的女友，他們甚至計畫在年底結婚。」

去年部門聚餐時，副理的女朋友也有出席，因此我們全組都知道他有個論及婚嫁的女友。

「那又怎樣？」她滿不在乎地聳肩，「沒有結婚之前，他在法律上都是單身。」

短短幾分鐘，我就拼湊出這段醜陋故事的大致面貌。瓅文介入了副理和他女友的感情，在明知是第三者的情況下，用他未婚的身分合理化自己的行爲。

再想得陰暗點，她之所以能升副組長，或許就是副理給她的安撫或是補償。

要是現在跟她爭論是非對錯，她一定聽不進去，於是我問道：「你們是怎麼在一起的？」

聽見我的詢問後，瓅文臉色一沉，嘴角邊勾起了嘲諷的笑，「妳也不是眞的想知道，就不要多問了，那是我和他之間的事。」

我不知道剛剛的問題究竟哪裡戳到她了，決定換個方式，「當同事這麼久，我沒想到妳居然一直默默暗戀副理。」

「是他追我的。」

瓅文反駁後，便開始闡述他們的戀愛故事，有些炫耀的意思。

其實大致就和我推測得差不多，是個老套的辦公室戀情。在辛苦加班的時候，收到來自可靠上司的噓寒問暖，要不了多久就融化了初入職場的二十幾歲女孩。

既老套，又令人噁心。

副理在我心中好主管的形象徹底崩壞，實在難以想像看上去像好好先生的他，不只工作上表裡不一，私下對待感情也是渣得不行。

「瓅文，我不曉得副理在妳面前究竟是什麼樣的形象，但他是主管，從他開始越界、說了有點曖昧的話開始，那就是在用職場上不對等的權力地位哄騙妳。」我忍下所有的不平，好心地勸她，「我們剛進入職場容易混淆就算了，他比我們年長，年資也比我們久，不可能不懂這個道理。」

「妳不用假好心，一副要勸世的模樣。」瓅文毫不領情，表情甚至有點不屑，「譚子芯，一直以來，妳對我都很冷漠，從未把我當成朋友，怎麼到了競爭失敗時，才來對我說教？」

我愣住了，看著她撕下面具，露出耀武揚威的眞面目。

「因爲我們是同期，所以打從一開始，我就把妳當成朋友，很努力想和妳拉近關係，但妳呢？約妳五次，妳有四次會拒絕，只會回覆我公事上的訊息，其他時候根本不理人，我就活該熱臉貼妳的冷屁股嗎？」

我抿著唇，無法反駁她的話。確實，我只把瓅文當成關係好的同事，我不想在非上班時間開著社交模式，那樣壓力太大了。

我完全沒想到，她竟然這麼介意這件事，還因此心生疙瘩。

「我不是那個意思。」我試著解釋：「不是針對妳，我只是不習慣和同事當朋友，想在下班後保留一點私人空間。」

璨文冷笑道：「既然妳只把我當成同事，沒拿我當朋友看待，何必在這個節骨眼又擺出朋友姿態，假好心地勸我？我坦白告訴妳好了，副組長的位置是我主動說要的，我就是要讓妳知道妳的努力一點意義也沒有，妳日夜加班都比不上我一句撒嬌，最終妳還不是要叫我一聲副組長，照我的分配做事！」

她的話就像一盆冷水澆在我的頭上一樣，把我刻意藏起來的想法，以最難堪的方式揭開。

看著我愣神的樣子，璨文滿意地笑了，「呵呵，認識妳這麼久，今天是我最解氣的一天。」

我最恨別人看我笑話，我的自尊心不允許我乖乖當個娛樂他人的小丑！

「妳就不怕我抖出妳跟副理的關係嗎？」我硬是朝她揚起笑容。

「我有笨成這樣嗎？剛才說話時，妳的手從未碰過放在桌上的手機，根本沒機會錄音，在毫無證據的情況下，妳去公司說這些只會像是升職失敗後，刻意抹黑同事的表現，一副輸不起的樣子。自尊心這麼強的妳，應該丟不起這個臉吧？」

我沉默不語的模樣，似乎被璨文視作一種認輸。她愉快地起身，不忘拿走了放在桌邊的明細。

「譚子芯，這就是太驕傲的報應，以後別總看不起旁人，把別人的努力拿來襯托妳的完美。」她得意張揚地笑著，離去前還再踩了我一腳，「這一頓我請妳了，就當獎勵妳認眞工作，也謝謝妳慶賀我升職，明天公司見嘍！」

♥

見個屁！

左右不了那個臭小三升職，我還不能使用我的特休了嗎？請特休不需要理由，那對噁心的偷情男女又能拿我怎麼樣？

我任性地在家睡了一整天，醒來就躺著追劇，藉著怒罵劇裡的職場小人發洩。可是罵完後，我卻沒有比較爽快，反倒迎來了一波憂鬱。不得不承認，邱瓅文確實句句戳在我的痛點。她大可不必讓我知道她和副理的關係，一段上不了檯面的感情沒必要留下把柄，但她偏偏要冒著風險跟我說，就是想徹底擊碎我的信念。

我曾經以爲，只要我足夠有能力，就必定能在職場脫穎而出，所以我做什麼事都盡心盡力，因爲我相信好的成果能讓大家看見我的努力。

然而，邱瓅文不過是和主管談了戀愛，就毫不費力地搶走了本來屬於我的升遷機會。

難道工作能力好的人，就活該給這些關係戶墊背嗎？況且邱瓅文甚至只是一個副理的小三而已，就能在我面前耀武揚威。

我突然看不見這份工作的價值了。

大半夜被氣哭的下場，就是換得一雙腫到黑咖啡跟冰敷都救不回來的眼睛。正好，反正我還是很不爽，便索性再請了一天假。

邱瓅文一反常態地在工作群組內tag我，提醒我以後連請兩天特休要事先告知，儼然一副管理下屬的模樣。

「昨天是請特休，今天是請生理假，請問需要提供生理期證明給妳嗎？」我還在氣頭上，直接在群組回道。

眾所周知，要求員工提供生理假證明是違法的行爲，因此邱瓅文只能裝作若無其事地回覆：「不用了，妳好好休息。」

我很少這麼衝地在群組講話，同事們都讀得懂這異樣的氛圍，沒有人敢再多說一句。

我承認我有點太衝動了，但經歷這麼爛的事，還要我立刻回公司在邱瓅文身邊陪笑，我眞的會崩潰。

蓋上棉被，我決定再多睡一會，以免那些討厭的人和事繼續霸占我的思緒，也讓酸澀的雙眼好好休息。

「叮叮叮！」

剛睡著沒多久，我就被門鈴聲和桌上頻頻震動的手機吵醒。捧著滿腹怨氣，我「碰」的一聲用力打開門，接著便和門外愣住的姜祈對視了好幾秒。

「噗……」姜祈的笑聲劃破了沉默，他半捂著嘴，笑到肩膀都在顫抖。

「憋笑憋得很辛苦喔？」

「是有一點。」

「那你去別的地方笑。」

眼看我馬上就要將門關上，姜祈趕緊拉住我，正色道：「我不是在嘲笑妳，只是沒見過妳這個樣子，有點稀奇。」

我低頭看著身上的格紋睡衣，想起自己睡得像爆炸頭的亂髮，更別提我連臉都還沒洗，要多邋遢就有多邋遢！

「你到底想怎樣？」我自暴自棄地說。

「我只是覺得還挺……可愛的。」姜祈笑了笑，從包裡拿出一袋早餐，「給妳，來的路上順便幫妳帶了小籠包，先吃點。」

接過袋子，我困惑地問：「你怎麼會過來？爲什麼沒去上班？」

「那種破公司不去也罷，妳應該也是這麼想的吧？」他揚起一抹溫暖的微笑。

我瞬間就懂了，姜祈什麼都知道了，而他蹺班的舉動就像是在幫我出氣似的。

「進來說話吧，我餓了。」我癟了癟嘴，不再抵著門，讓他進入我的私人空間，目睹我一室的狼狽。

家裡現在就如同我的事業和生活一樣，一團亂。

我讓他自己隨意找地方坐之後，就進房間洗臉、擦保養品，順便把睡衣換下來，套上了針織毛衣和牛仔褲。

待我回到客廳時，姜祈已經替我稍稍收拾過屋子了。

我心情不好，沒多說什麼，拉開餐桌邊的椅子坐下後，便開始吃早餐。

「你是怎麼知道的？」看著他掃地的背影，我開口問道。

「你們組的高仕睿跟我說的。」姜祈頭也沒抬，仍繼續手上的動作。

「他幹麼跟你說這個？」我心中警鈴大響，就怕仕睿會亂說話。

「我去你們辦公室找妳，高仕睿說妳已經請兩天假了，我問了幾句他就什麼都說了。」

姜祈沒再說話，只是盯著我看，看得我都不知道該不該把湯匙裡的小籠包放進嘴裡，最後索性放下餐具。

「那你怎麼沒問我好不好？」

姜祈笑了，一副我剛剛說了傻話的樣子，「怎麼可能會好？那還有什麼好問的。」

「就算是這樣，你也得安慰我或是開導我吧？」

他搖了搖頭，「我哪敢啊？到時候妳又誤解我的意思，罵我一頓。」

我好像沒辦法否認他的話。「那你來幹麼？」

姜祈拿起玻璃杯，給自己倒了一杯水，「帶妳出去玩啊。既然都請假了，還花時間想公司的爛事不是很虧嗎？」

「不要，沒心情。」

「沒心情才要去散心。快吃吧，吃完跟我走。」

拗不過他再三地邀約，我沒有再拒絕，吃完早餐，就跟姜祈一起出門了。

果然跟我想得一樣，姜祈這麼懶，不可能帶我去做太麻煩的事。

第一站，他帶我去了電影院。

臨時決定來看電影，我們都沒事先做功課，最後選了《小小兵》。

「你千挑萬選居然選了動畫片？」我看向姜祈，對他的選擇感到不可思議。

「妳不是很喜歡嗎？妳家還放了好幾個小小兵的玩偶。」

姜祈笑得很無辜，但我覺得他一定是故意的！因為當我們夾在一群幼稚園小朋友中間入場時，他笑得過分愉快了，讓我不禁懷疑他又在以我的窘迫為樂。

「不是帶我來散心嗎？怎麼感覺你心情更好啊？」我滿懷怨念地瞪向他。

「還不讓我心情好了？」

不過當電影播到一半的時候，姜祈就笑不出來了，因為他隔壁的小孩一直不小心拿到他的爆米花。

看著他一臉尷尬，頻頻向我投來求救的眼神，我笑翻了。為了能笑久一點，甚至狠心拒絕他拜託我代拿爆米花的請求。

電影挺好看的，如果撇開我們花了幾百塊去電影院看動畫片這一個事實，確實很紓壓。

「又沒有讓妳付錢，妳就坦率地說很開心不就好了？」姜祈挑了挑眉。

「我不想欠你錢。」

我希望他不要對我這麼好，不要總是在我下定決心不理他之後，又是安慰我，又是請客的，把我的怒意都變得像是在無理取鬧。

他如果總是這樣，我要如何將他從我的世界裡徹底地推開呢？

「妳想多了。」姜祈別開眼，「妳沒有欠我，是我欠妳才對。」

「你欠我什麼？」

「道歉。」說完話，他也不解釋，逕自向前走。

我懂他的意思，他是在爲那天讓我感到難堪而道歉。

晚餐前的空檔，姜祈帶我去附近的文創市集晃了晃。我選了一個樹懶的吊飾，在離開市集的時候送給他。

「這是？」他看了一眼吊飾上的樹懶，露出好氣又好笑的表情。

「道謝。」我很快地說，轉身的時候，又丟下另一句話：「跟道歉。」

雖然我很氣姜祈騙我，但是我單方面拒絕溝通的行爲也不可取，既然他都道歉了，我想我也應該回應他。

身後傳來姜祈的笑聲，接著我便感受到手腕被人握住，「妳走錯方向了，是往這邊。」

還來不及詫異，我就被拉到他身旁，一個踉蹌，差點撞進他懷裡。

「你……」

我想抱怨他爲何要拉我，害我差點跌倒，卻又貪戀手腕處傳來的溫度。

「人很多，怕妳走散，姑且就先保持這樣吧。」可能是怕會被我罵，姜祈主動解釋。

「嗯。」

走到了餐廳門口，姜祈才放開我的手。我說不清那究竟是什麼樣的感覺，只知道當他的體溫從手腕處慢慢散去的同時，我感到有些悵然。

「晚餐要吃什麼？」我刻意開口找話題，想掩飾任何可能浮現的尷尬。

「妳最喜歡的義大利麵。」姜祈一邊翻找訂位簡訊，一邊答道，「上次妳不是嫌常去的那家變難吃了嗎？我又找了另一家店。」

這個傻子。讓餐點變難吃的才不是餐廳，而是惹怒我的人。

我想起姜祈當天的反應，發現他從未正面承認自己就是被我強吻的人。

總繞著圈子講話，眞心機。

吃飯時，姜祈耐心地聽我痛罵副理和邱瓅文，還時不時替我倒滿杯中的氣泡水，讓我隨時都能解渴。

「怎麼感覺都是我在抱怨，你都沒有看不爽的人或事嗎？」停下來喝水的時候，我忍不住問了一句。

姜祈聳聳肩，「我很少在意什麼人或事，既然都不在意了，又怎麼會看不爽。」

「嘖，你言下之意就是我太在意了。」

「譚子芯，妳變聰明了。」他莞爾一笑，「那在意了之後呢？妳對未來有什麼打算？」

攪了攪義大利麵，我思考了半晌後道：「坦白說，跟副理談完以後，我的第一個念頭是不想幹了，不想留在這間糟蹋了我的努力的公司了。可是在邱瓅文面前吃了悶虧後，我又覺得這個時候離開，就像是在逃跑，我的自尊心不允許。」

一想到邱瓅文得意洋洋的表情，我就不爽，不想讓她稱心如意。哪怕無法把她從副組長的位置拉下來，我也要留在公司戳她痛處，讓她時刻活在擔心我會曝光她和副理姦情的陰影！

姜祈搖搖頭，無奈地笑了笑，「我實在不懂，妳這麼聰明，爲何還總是被他人的目光控制？別人看不看得起，難道比妳的身心健康還重要？」

「可是姜祈，我不想輸。」

我不甘心。做錯事的人又不是我，我沒有怕他們的理由，憑什麼尙未決一死戰，我就要不戰而逃？

「妳究竟是在跟什麼比較，又是爲了什麼而留在這間公司啊？」姜祈反問，「哪怕妳費盡心力贏了邱瓅文或是副理，那又如何？過好自己的生活才是最重要的，公司不會因爲少了誰就無法運作，哪怕妳再努力、能力再強，公司永遠都找得到能取代妳的人，這就是工作。」

我知道姜祈是對的，對於工作，他總是想得比我透澈。可是聽到自己犧牲了生活品質、花費了大把時間投注心力的事，竟然那麼輕易就能被人替代，任誰都很難接受。

「抱歉，話說得有點重了。」姜祈的微笑帶了點歉意，「我沒有要勉強妳的意思，只是希望妳能想清楚。」

「姜祈，你好像變了。」我有些訝異。

「怎麼說？」

「你以前在講大道理的時候，很少注意旁人的情緒。對聽的人來說，儘管覺得你是對的，還是會很想扁你。」

「那可能是被某人改變了吧，畢竟某人總是誤會我的好意，我要是不及時補救，她又要生氣了。」

一點都不坦率，怎麼不大方地承認他跟我相處是近朱者赤呢？

「你不是總說很討厭麻煩的事嗎？」我笑著瞪了姜祈一眼。

「是啊。」

「那你還總愛對我說教？你最好離我遠一點，我超麻煩。」

「是很麻煩沒錯。」

「你……」

「我一直覺得照顧人很麻煩，但奇怪的是，妳明明是最不需要人照顧的女生，也常常拒絕別人的照顧，我卻總是想要照顧妳。看到妳冥頑不靈地撞牆時，就很想拉妳一把，勸妳幾句，哪怕因此被妳罵了好幾次。」

我愣愣地望著他，一絲暖意在心底泛了開來，讓我不禁想賭一把。

「姜祈。」

「嗯。」

「你眞的希望我離職嗎？」

你眞的捨得那些能輕易見到我的日常嗎？

姜祈淡淡地笑了，「我的意見重要嗎？妳的人生終究只有妳能作答。」

我不敢再問下去，就怕多說幾句又會出現我的自尊無法負荷的場面，所以決定小心翼翼地藏起自己的眞心。

吃完晚餐後，姜祈送我回家，用來逃避現實的一天也即將結束了。

「這個送妳。」他遞給我一個小小兵的吊飾。

「啊？」

「早就想給妳了，卻被妳搶先一步。」姜祈指了指被他掛在後背包上的樹懶吊飾。

「早點休息吧。等妳回到公司，估計只會有沒完沒了的硬仗。」

是啊，跟上司硬碰硬，怎麼想都還是有點太衝動了。

「可以不打嗎？」光用想的，我已經覺得累了。

姜祈挑眉，「妳要是這麼聽話，我高興都來不及了。」

轉身上樓前，我還是沒忍住，問道：「姜祈，你當初爲什麼要讓我誤以爲，聚餐那天我吻的人是你？」

他愣了愣，接著彎起嘴角，「既然我們兩個那麼相像，妳應該能猜到我的想法吧。」

第六章　在我們的季節之前

你的想法你自己不說清楚，誰猜得到？我就偏不猜！

我最討厭姜祈總是神祕兮兮地要我猜他的心思，於是我反骨地決定不猜了。

比起和他之間的關係，眼下我有更重要的事要煩惱。

當晚，我給自己做了很久的心理建設。

要我就這麼丟下投注了許多心血的工作，把成果拱手讓人，還是讓給自己最不齒的那種人，我眞的做不到。

從今往後，我會做好該做的事，但也就只做份內的事。我不想再那麼努力了，也不會再把工作當成生活的重心。

然而，現實往往事與願違。哪怕我不去招惹人，我的存在對於某些心虛的人來說，本身就是一種招惹。

「子芯，從下個月開始，整理月報的工作就交還給妳吧，畢竟那本來就是妳份內的工作。還有每個月要提供主計處的兩份報表以及舊用戶續留的分析，往後也要請妳協助了。」

回公司上班的第一天，邱瓅文就將我叫過去，丟了好幾樣工作給我。

「主計處報表跟舊用戶續留，本來不都是妳負責的項目嗎？」我耐著性子，盡可能和氣地回道。

邱瓅文笑了，一副就在等我這麼問的模樣，「是啊，但我現在是副組長了，要統整工作日誌，還要初步審核大家的報表和簡報，原本的業務就很難兼顧了，所以必須要轉移出去，當然，我還是會負責監督成果。」

她的意思就是我來幫她做事，她負責盯我做事。

「對於妳要轉移部分工作，我沒什麼意見，但我手頭上已經有新用戶開發的分析，無法再負荷另一塊主業務。」

「喔？那把新用戶開發的工作給Lilly做不就好了？」

我第一次聽到這種要求，爲了讓我去接她的工作，要我把本來做得好好的項目轉給別人。

「Lilly才來不到半年，Sarah原先的業務她也都還不太熟悉。新用戶這塊我當初學了四、五個月才上手，一時半會她很難兼顧。」我平靜地對她說。

邱瓅文自己也學過新用戶開發相關的數據，她不可能忘記那些細項有多雜，現在卻提出這種要求，擺明就是故意找事。

「那妳教她不就好了？」她彎起眼睛笑了，「Sarah的業務也是妳教的，這對妳來說應該不難吧。」

許是見場面陷入僵局，仕睿跳出來試圖打圓場，「瓅文，妳這樣會嚇到Lilly啦，還是妳舊用戶續留那塊分給我們幾個，我跟Eric以前都接觸過，做起來也比較容易。」

邱瓅文不置可否，只是笑了笑，讓我們都先回去做事，說她會再想想該怎麼分配工作。

可當我下午被副理叫過去批評了一頓時，我就知道她的「想想」是怎麼「想」的了。

「子芯，雖然妳也算是組內元老，但我希望妳能尊重公司的人事評斷，不要帶給同事們不好的影響。」副理一改往日的態度，板著臉對我說。

「請問我哪裡不尊重了？」我氣笑了。我就是太尊重了，才沒有當眾戳穿邱瓅文是怎麼上位的好嗎？

「早上的事我都聽說了，哪怕妳對於瓅文的工作安排不滿，也應該要專業一點，不該那麼情緒化。她現在的職位是副組長，確實有權力視大家的工作表現和效率重新分配職責。」

我靜靜地盯著副理看，他的眼神雖然有點心虛，卻沒有閃避我的目光，從他的反應看來，邱瓅文並沒有告訴他，我已經知道他們之間的關係了，難怪他還敢當著我的面提她。

「副理，不是你告訴我這只是過渡期，之後我會是組長嗎？那爲什麼她一個副組長可以隨意更動我本來的工作？」我笑了笑。

他啞口無言，可能是沒想到我會用他之前開的空頭支票反駁他。

過了一會，副理才正色道：「我會再跟瓅文溝通這件事，但希望以後在其他同事面前，妳還是給她一些尊重。在妳的升遷公告下來之前，她的職等仍在妳之上，不要讓妳的私人情緒凌駕於工作專業。」

儘管他把話說得冠冕堂皇，已經知曉內情的我，怎麼可能聽不出來他就是在偏袒邱瓅文呢？

憋著一肚子的怒火，我甚至想跟這對狗男女來個魚死網破，可是我根本沒有副理和邱瓅文在一起的證據，就算有相關照片或是影音，也無法證明是他們的私情影響了這次的升遷結果。

這就是邱瓅文刻意讓我知道內情的緣由，她想看我憋著滿腔怒意跟不甘心，一籌莫展的樣子。

而我只能無力地承認，她成功了。

那天早上的事只是個開端。

自那以後，邱瓅文雖然不再叫我處裡舊用戶續留的分析，但她卻總將一些雜事丟給我。

「這件事很簡單，妳的工作能力這麼強，不會連這點小事都做不好吧？」她時常笑盈盈地講出這種像是在羞辱我的話。

我沒有笨到讓她稱心如意，因爲被激怒而接受不合理的職務分配，我還是會找方法推託，但總有推不掉的時候。

邱瓅文很清楚做事要有限度，做過頭容易引來旁人替我打抱不平，因此她只是點到爲止，適時地找我麻煩、用暗諷的方式激怒我，讓我無法將她的舉動當成把柄，一狀告到人資那裡。

再小的事情，積累多了依舊讓人心累。最令我難受的是，有這樣的上司和同事，我在工作上完全不可能有所突破，哪怕有好的想法，一想到我是在爲他人作嫁衣，我根本就提不起勁付諸行動。

不順利的工作和不舒服的工作氛圍，逐漸壓垮了我。

今天加完班走出公司時，我忽然覺得要是再不找個管道宣洩，自己就會瘋掉。

我撥通了筱旎的電話，約她一起去小酌放鬆，她立刻就叫我去甜橙找她，酒錢她出。

這陣子工作很忙，我的心情又不好，拖到了現在才向她一吐苦水。

「那天你們公司聚餐，我還以爲你們同事之間的感情挺好的，沒想到才過了幾個月，就變成這種情況。」聽完我的遭遇後，筱旎感慨道。

我將手中的啤酒一飲而盡，苦笑道：「我也沒想到啊。我知道自己不是一個和同事私下關係特別親密的人，但我一直覺得大家同事一場，平時工作上不給對方造成困擾、偶爾閒聊幾句，維持好同事的關係就不錯了。我哪知道，這樣的想法對邱瓅文來說，就是一種驕傲的表現。」

回想起過往總是對我面露微笑、小心翼翼和我搭話的邱瓅文，我不禁懷疑自己是不是做錯了？或許是我不該築起界線分明的牆，將她的善意擋在外頭，這麼一來，我也就不會傷到她想和我當朋友的眞心。

「子芯，妳不要這樣想。」筱旎再幫我倒了一杯酒，「雖然人與人之間的交往，確實不必在初識時就先預設立場，但每個人都有自己的交友方式，只能說妳和邱瓅文不是同一種人，妳們不可能合得來。妳沒有做錯，不需要反省自己，有錯的是妄加揣測、扭曲別人的想法，甚至還做出傷害對方的舉動的那種人。」

「可是對她來說，我也傷害到她了，所以她才會想要教訓我。」

筱旎冷哼一聲，「妳又沒有主動做什麼傷害她的事，難道每個人都應該細心呵護他人的玻璃心嗎？沒順他們的意，就要去當小三，藉此升職報復同事？那她不也傷害了你們副理可憐的正宮女友？」

我以為跟同事間保持適當的距離，做好自己份內的工作、不拖別人後腿，就可以避免電視劇裡浮誇的職場鬥爭戲碼，看來我還是想得太淺了。

「妳總不能被狗咬，還要反省自己的肉為什麼看起來比較好咬吧？」筱旎捏了捏我的臉，叫我不要再胡思亂想，「妳都這麼不快樂了，真的不考慮換份工作嗎？」

「我不知道。」我盯著酒瓶發呆，盯久了忽然覺得眼睛有些酸澀，「要是早知道會這樣，我就早點走，不待在這間破公司了……變成這樣才走，就好像是我認輸了，被邱瓅文逼走了，好不甘心。」

「妳唷，都受委屈了，還這麼倔。」筱旎搖了搖頭。

我又喝了幾口酒，突然感到特別委屈，就這麼哭了出來，「筱旎，我不想努力了啦。」

「別哭了啦，妳明天還要上班，眼睛腫起來怎麼辦？」她手忙腳亂地拿紙巾幫我擦淚。

「我不想上班了，嗚……」

「妳倒是真的別上啊！只有喝醉才會吵著要離職，清醒了加班加得比誰都還凶。」

「如果我眞的走了，那不就被他說中了嗎？」

「誰？」

「他早就叫我不要愛面子，別想著跟不值得的人證明什麼，是我不聽勸。」

「是啊，妳對這種爭面子的事總是很固執，但妳說的『他』是誰？」

我停頓了幾秒，抽泣著說：「討厭的人。」

「妳不是說他早就勸妳離職了嗎？那妳幹麼不聽勸？」筱旋開始套我的話。

我越哭越凶了，「因爲我就是想爭一口氣，可是我突然發現又被他說中了，我好不甘心……嗚嗚嗚。」

「什麼跟什麼啦。」

「回去上班沒幾天，我就發現他說對了，我已經不知道自己究竟在跟什麼較勁了，可能是不想丟臉吧，但我現在覺得自己好丟臉啊。」我無法控制自己的情緒，抽抽噎噎地說著，「明明我那麼努力了，爲什麼還是這樣的結果？筱旋，我眞的很努力了。」

「我知道，我都知道。」筱旋溫柔地拍著我的背，「子芯，妳已經做得很好了。」

「妳說，如果我認輸了，他會不會看不起我？」

「這個問題，或許妳直接問對方會更快喔。」她忽然笑了，伸手指了指我的手機，像是在鼓勵我。

我瞇著眼，努力聚焦視線，從手機通訊錄中找到了姜祈的電話號碼。

「喂？」姜祈很快就接起電話，聲音好像還帶了一點急切，「這麼晚了，出什麼事了嗎？」

「噓！你不要說話，給我罵一下。」

「……妳喝醉了是嗎？」

我不理他，劈頭就罵了他一頓，「你這個……冷漠又沒同學愛的冷血法律人！」

「我怎麼了？」他聽上去氣笑了。

「你不是跟高仕睿很好嗎？就不會關心一下我的近況嗎？還說什麼難得是校友又是同事……我呸！連校友被欺負了都不知道！」我沒理會身旁正在憋笑的筱旎，繼續罵道。

「我知道啊。」

我愣了愣，接著破口大罵：「知道你還不關心我？冷血！」

「我怕我問妳，妳又誤會我，以爲在看妳笑話，所以我只能等妳想說的時候再聊啊。」姜祈的語調雖然懶洋洋的，但語氣很柔和。

「對啦對啦，我就是愛面子，就是討厭輸的感覺，更不想被你看扁。你知道最氣人的是什麼嗎？是我繞了一大圈、忙了老半天，卻只證明你又說對了！這就是你最討人厭的地方！」

「我知道，所以我不是沒有刺激妳嗎？」面對我的無理取鬧，姜祈只是耐心地安撫我的情緒，「別氣了，被人討厭不太好受。」

他的聲音太溫柔了，又一次戳中我的淚腺，害我哭得更狼狽了。

我一直很努力想贏過姜祈，以前是想讓他牢牢記住我，現在則是想證明他是錯的，但到頭來，我得到的終究只有挫敗感。

「如、如果我離職了，你會不會笑我要是早點聽你的不就沒事了？會不會覺得我很盧、反反覆覆，結果最後還是臨陣脫逃？」我邊哭邊問，像是在一片混亂的現實中，想抓住點什麼，「姜祈，你老實回答我，不要可憐我。」

電話的另一頭，姜祈輕笑出聲。

每次他在我面前這麼笑的時候，我總會有點氣惱，但不知爲何，這次我卻覺得他的笑聲裡有著一絲寵溺。

「我的答案是不會。」姜祈的聲音清晰地透過話筒，傳遞到我的心底，「子芯，妳在我眼裡，一直都是最好的。」

這是第一次，我忽然覺得自己就算軟弱也沒關係，因爲他說我是最好的，哪怕我放棄眼前這場惡鬥，我也沒有輸，我依然是最強大的自己。

隔天一進公司，我就去找了副理，說有事想跟他談談。

「有什麼事就直接說吧，我待會還要開會。」估計是這段時間找他的頻率高了點，他明顯有些不耐煩。

「在這裡談也行。」我點點頭，禮貌微笑道，「由於個人生涯規劃，我準備要離職了。」

這下，不只副理被嚇了一跳，周遭的視線也紛紛聚集過來。

「去會議室談談吧。」副理強裝鎮定，轉身走向角落的會議室。

這一幕滑稽得好笑，我剛剛不就說想私下談了嗎？是他自己不聽的。

待我走進會議室，關上門，副理還繼續裝傻，擺出關心的姿態，「子芯，怎麼了嗎？」

「誠如我方才說的，由於個人的生涯規劃，我預計於一個月後離職，這段時間我會交接好工作，再麻煩告知我要交接給誰。」我面無表情地將準備好的台詞又說了一次。

「是工作上遇到什麼問題了嗎？還是因爲瓅文？」副理嘆了一口氣，一副我很難搞、給他造成困擾的樣子，「我不是跟妳說了嗎？等過一陣子……」

「不是的，跟工作內容無關，跟副組長也無關，純粹是我自己的生涯考量，我想換個產業工作。」

「眾所周知，生涯規劃只是藉口。妳不跟我說實話，我要怎麼幫妳呢？」副理到現在還沒放棄他的善解人意好主管人設，「子芯，不能因爲意氣用事就隨便提離職，現在工作也不好找，更何況妳馬上就要升職了，在這個時機點離開太傻了。」

聽到他說要幫我，我差點笑了出來。他別夥同小情人害我就不錯了，別再往自己臉上貼金了！

即使不想聽他廢話，但我依舊耐著性子，讓他把道德綁架、情緒勒索的台詞一一說完。

「我剛才說的話，妳回去好好考慮一段時間。我今天就當沒聽到妳的離職申請，等妳冷靜下來之後，我們再談。」副理擺了擺手，把我當成了鬧脾氣在等他哄的小孩。

「副理，我不是提出離職『申請』，而是正式的離職『告知』，等等我會寄一封正式的離職告知信給您。我很感謝您的慰留，證明我的工作能力還是受到認可的，但我並不是衝動提離職，更沒有想用離職當談判籌碼的意思，希望您能尊重我思考多日的結果。」

提離職是我的合法權利，才不需要他的同意好嗎？

能跟公司和平分手是最好的，但如果不能，身為主管的他也沒有阻止我離開的權力。

和他相比，我的社會經驗確實還是不夠豐富，先前才會被他扮豬吃老虎的模樣唬住了，甚至相信他一次又一次開出的空頭支票，但我可沒蠢到會在同一個坑跌倒兩次。

見他還想說些什麼，我趕緊補充：「我本來一直覺得，您是一個還不錯的主管，但看來還是我太天真了。有些事說白了就不好看了，只要能順利、體面地離職，我可以沉默不語，離職理由也只會和我個人的規劃有關，不會牽扯到其他人或事，但如果您執意要撕破臉，那我就無法保證了。」

話說到這個份上，我相信他能聽懂其中的意思。

既然都決定要離職了，我也不想管他跟邱瓅文之間的風花雪月，但他要是還想強留，那就別怨我為自己討公道。

從前的我太傻了，以為沒有證據，就不能證明副理和邱瓅文的私情影響了升職結果。事到如今我才明白，根本就不需要什麼證據，謠言就足以讓他們不好過了。

副理沉默了半晌，才緩緩道：「就這樣吧，妳想清楚就好。妳準備一下交接清單，我再跟妳說要交接給誰。」

我知道，這一仗我贏了。原來有時候放棄眼前的鬥爭，不見得就是認輸，有勇氣及時止損也未嘗不是一種勝利。

接下來的一個月，我每天都在忙交接的事。

可能是怕我的離職會造成連鎖反應，也可能是心虛地想撇清關係，除了新用戶開發的數據由仕睿承接，其餘的事項都由邱瓅文暫代。

邱瓅文大概沒想到，當初她推到我身上的那些鳥事，居然就這麼交還給她了。

我眞是後悔沒早些領悟「辭職最大」的道理，要是早知道提了離職，心情會這麼好，我一定不會忍她這麼久！

偶爾得空，我會忍不住打開我和姜祈的聊天視窗。

這段時間我們沒怎麼聯繫，他好像也很忙。我們的對話還停留在我跟他說，我提了離職，而他祝賀我即將重獲自由的時候。

喝醉後對他胡言亂語的事，我其實還記得一清二楚，但我覺得太尷尬了，索性假裝斷片，他也很配合地避談。

隨著離職日進入倒數，我多少還是會感到悵然。

畢竟我爲這間公司奉獻了好幾年的時光，而且離職之後……我就無法理所當然地見到姜祈了。

喝醉那一日的通話，讓我很確定，姜祈對我有感覺，可即使如此，他還是沒有要挽留我的意思。

他什麼都不說，所以我也不想說。

這天下班前，我突然收到小俊傳來的訊息：「下班後有空嗎？一起吃個飯，我有話想說。」

我這才想起，我跟小俊已經有好一陣子沒見面了。前陣子我的生活因爲工作而亂成一團，自然就沒時間也沒心情和他聯繫。

我依稀知道他想聊什麼，確實也是時候給他答覆了：「好，晚點見。」

我應允了邀約之後就去忙工作了，直到快要下班前，才看見他的回覆：「我在你們公司樓下等妳。」

爲了不讓小俊等太久，我算準時間，關掉電腦，收拾好東西後立刻下樓。

剛走出電梯，就看見小俊站在辦公大樓的前門，低頭滑著手機。

「小俊！」我走向他，拍了拍他的肩膀，「等很久了嗎？」

小俊轉過身，微微一笑，「沒有，我也剛到。晚餐想吃什麼？」

我愣了一下，想起和姜祈一起吃飯的時候，幾乎都是他在選餐廳。

偶爾我會故意找麻煩，質問爲什麼都是由他來選吃什麼？姜祈聽了只是笑笑地說讓我選也可以。

不過，最後多半都還是會聽他的，因爲我有餐廳選擇困難症，而且他確實很會選餐廳。

「子芯？」小俊輕聲喚了我的名字。

「嗯？」我回過神，「那吃韓式料理吧，甜橙附近那家。」

他點了點頭，「我載妳去吧，剛才騎車過來的。」

剛準備往機車停放區走去時，我忽然感覺不遠處有人正在看我。

我側過頭，就這麼毫無防備地和姜祈的目光交會。

不知道他究竟看了多久，我感到前所未有的惶恐，深怕會被他誤會。

姜祈見過小俊，也知道我和小俊之間的過往，他會不會誤以爲我們在曖昧或是復合了？

怎麼辦？我是不是該向他解釋？但我跟姜祈之間又沒什麼關係，我要用什麼立場解釋？

我無法從姜祈的臉上看出情緒，他也沒有說話，只是頓了幾秒就轉身離去。

他移開視線的瞬間，有股難以言喻的情感在我心底瀰漫開來。我老早就發現了，所以才會設下種種防線，不斷地告訴自己，必須要確定對方也喜歡我才能投注感情，在對方有所表示前不能表露我的好奇心……

但其實每當我這麼告訴自己時，都只不過是在反覆證明我喜歡上姜祈的事實。我早該知道的，只有動了心的人，才需要用如此拙劣的方式保護自己。我別開眼，強迫自己不再注視姜祈離去的背影，輕聲對小俊說：「我們走吧。」

小俊看起來想說什麼，但最後卻什麼也沒說，沉默地走向他的機車。

和小俊一起吃晚餐時，我主動提起即將離職的事，簡單地陳述了讓我看清副理和邱瓅文眞面目的升職事件，但刻意避開了前陣子頻頻被刁難的部分。反正都要離開公司了，那些事也不再重要，我不想讓他爲我擔心。

可當我說完話，抬起頭時，卻發現小俊正盯著我看。

「怎麼了嗎？」我困惑地問。

「其實我已經從程筱旎那裡聽說了……」小俊猶豫了一下，接著無奈地笑了笑，「包括妳被主管和同事欺負的事。」

我瞬間明白他的意思，以及那抹略帶尷尬的微笑。

「結果你還是知道啦。」我有些抱歉地笑道，「之前是因爲太忙，就自己默默消化了，現在則是想著事情都要過去了，跟你說也只是多一個人爲我擔心而已。」

「如果我說，我很想光明正大地爲妳擔心呢？」小俊小心翼翼地回道，「妳沒有主動告訴我，就代表我不是妳第一時間想一吐苦水的對象。從程筱旎那裡得知妳的近況後，我很失落，想問卻又不敢問，就怕會給妳壓力。」

聽到他這麼說，我有些愧疚，同時也明白我應該給他答案了，「小俊，我……」

我才剛開口，就被小俊笑著打斷，「在妳給出答案之前，希望妳能讓我把想說的話講完。」

原來，他早就猜到了我今晚赴約的用意。

「前陣子，妳在甜橙喝醉的那晚，我聽到了妳打電話給那個人後，所說的話。」小俊落寞地跟我坦言，「他就是妳被跟蹤那天，跑來妳家找妳的那個人對吧？妳遇到任何事，第一時間會想找的人。」

我有些驚訝，猶豫了半晌後還是點了頭。小俊沒有說錯，無論是被跟蹤或是在工作上受了委屈，我第一個想找的人確實是姜祈。

工作的不順，我可以忍耐到喝醉後，難以自控時才找他，可危急時刻的反應卻騙不了人。

「剛才遇到他的時候，妳的表情就給出答案了，我之所以裝作視而不見，也只是想再好好和妳談一談而已。」

小俊笑得太落寞了，讓我也有點難過，只好緊緊抿著雙唇，將對他的不捨壓在心底。

「妳不需要跟我道歉，妳從來就不欠我什麼。」小俊忽然抬手擋在我眼前，像是想遮蔽我充滿歉意的目光，「最讓我難受的不是那個人在妳心中的地位，而是想問卻不敢問的自己，我太害怕會重演當年的結局了，因此什麼都不敢做。有時候我甚至會想，或許當初我們沒在一起，我可能更有機會……」

我看不見小俊的表情，卻能從他略微哽咽的聲音中，清晰地聽見他的難受以及對我的愛意。

「子芯，雖然我有自信我會是最愛妳的人，但很顯然我不是最能給妳幸福的人。」

聞言，我忍不住拉開了他的手，迎面對上他滿是霧氣的雙眸。

「不是你的問題，而是我。」我輕輕地說。

「我想要的不是一場輕鬆、備受呵護的戀愛，而是勢均力敵的戀愛。」面對小俊，我總是有滿滿的愧疚，但我仍想對他坦承，「我們之所以會分手，是因爲我難以原諒不能全心全意待你的自己，更難以坦然地接受你對我的好。而現在……我遇見了一個我所崇拜的人，我一直很努力地追著他、想超越他，讓他也注視著我，哪怕只是背影也好。所以，我沒辦法回應你的喜歡。」

過了良久，小俊突然問：「聽我姊說，妳一直誤會公司聚餐那晚，妳吻的人是那個人，該不會是因爲這樣，妳才意識到自己的感情吧？」

「可能……我潛意識希望我吻的人是他。」

事到如今，我已經能坦然面對自己對姜祈的情感了，因此也能輕易看穿自己當初刻意想藏起來的想法。

「謝謝妳這麼說，這樣我就不會覺得，要是早點讓妳知道妳吻的人是我，我是不是更有機會。」

「小俊，你不要把我想得太善良，我是一個很自私的人，一個愛自己比愛別人要多很多的人，哪怕對最親密的人也是如此。」

我希望小俊對我感到失望，不要把我放在心上最重要的位置，這樣他才能往前看，才有機會看見其他更好、更適合他的人。

「遇見你以前，我從未想過要祝福前男友，那種希望對方過得比自己好的話，我覺得根本是屁話，因爲比起他人的幸福，我更在意自己的。」我將自己最眞實且最醜陋的想法攤在小俊面前，「可是小俊，你是我喜歡過的人之中，唯一一個我希望能過得比我好的人。」

我朝他揚起笑容，「我誠心地祝福你，因爲你比包括我在內的任何人，都要值得幸福。」

小俊微微低下頭，呢喃道：「……就是這樣。」

「嗯？」

他抬起了頭，露出了苦澀的笑，「妳總是這個樣子，要我如何忘記妳呢？譚子芯。」

「那你就把我想得壞一點好了，還是我得說一下你最討厭聽見的話？」

「例如？」

「對不起。」

對不起，這一次也沒能走成你期盼的模樣。

他好氣又好笑，「妳……」

「還有，謝謝你。」

謝謝你，深深愛著我的每一種模樣。

小俊別開眼，快速地抹了抹眼角，很快又轉過頭裝沒事。

「嗯，再聽一次果然還是很討厭。」他說。

然後，我們相視而笑。

第七章　倘若我奔赴向你

「難怪小俊突然決定搬回家裡住，原來你們已經好好談過了。」

筱旎窩在我家的沙發上，看起來有些惘然若失。

我推了推她的肩膀，笑著說：「怎麼啦？心疼弟弟？」

「只是有點惋惜，差一點就能讓妳叫我一聲大姑了。」筱旎嘟著嘴，「雖然我支持妳做的所有決定，但人難免會偏心，要是妳能選擇小俊，起碼我以後就不用擔心跟弟媳處不好。」

「妳想太遠了啦。」

「妳要是現在想反悔還來得及喔，選擇我們家小俊不用擔心跟婆家處不好，我媽可喜歡妳了。」

我笑著搖頭，既然決定了，就不會再回頭了。

「小俊還好嗎？」

「看起來是還好啦，不過妳也知道，他就算傷心也會盡量避著我。」筱旎聳聳肩，示意我放寬心，「不用擔心他，時間久了就會好的。」

愛情就是這樣，有選擇以及被選擇。有選擇時的為難，就也必定會有沒被選擇時的傷心。

我知道不管再怎麼愧疚，我都應當和小俊拉開距離，讓彼此能夠放下。剩下的，統統交給時間。

「那妳呢？」

「什麼我呢？」

「妳跟姜祈啊！」

「還是老樣子。」

筱旎大吃一驚，激動地搖晃我的肩膀，「天啊，譚子芯！我不敢相信妳好不容易承認妳喜歡姜祈了，卻還是沒有行動？就快到妳的離職日了耶！」

「等等，我只說我拒絕小俊，什麼時候說我喜歡姜祈了？」我被晃得頭暈，用力推開她的手。

「這麼明顯的事，還需要妳說？妳既然會拒絕小俊，就代表妳已經想清楚自己對姜祈的感情了。」筱旎對我翻了個白眼，「從妳第五次跟我提起姜祈這個名字的時候，我就知道有鬼了，但妳實在太愛面子了，我也不好拆穿妳。事到如今，妳要是還打算裝沒事就過分了喔！真該把妳那天和姜祈打電話的模樣錄下來，有眼睛都看得出來妳在撒嬌、妳喜歡他好嗎？」

我愣愣地看著她，不知該說什麼。沒想到我身邊的人都看得出來，姜祈對我而言是特別的。

「妳說點什麼啊！是想急死我嗎？」筱旎一副恨鐵不成鋼的模樣。

「那他呢？」我舔了舔乾澀的嘴唇，心裡有些苦澀，「妳覺得他對我抱持著什麼樣的想法？」

筱旎雙手托著下巴，思考了一會，「嗯……我先說，我對他的了解不多，但就那通電話聽起來，我會覺得他對妳的態度挺寵溺的，我當下甚至覺得你們兩個在虐單身狗！」

我也覺得我對姜祈來說，不僅僅是普通朋友那麼單純，但這也是爲何我這麼介意他的毫無作爲。

「所以我才無法理解，明明他對我也有感覺，爲什麼不是由他來主動？」

明天就是我在公司的最後一天了，他卻一點表示都沒有，好像即使我不再是他的同事，他也不受影響似的。

「誰主動很重要嗎？妳寧可錯過他也不願意主動嗎？」筱旎問道。

「那就代表我們都不夠喜歡對方，錯過也只是剛好而已。」

「嘴硬。」她又白了我一眼，「妳就繼續死要面子吧。等又一次錯過他，到時候妳後悔都來不及！」

♥

轉眼間，我在L公司任職的最後一天到來了。

我已經交接好相關的工作內容了，因此大部分的時間都在和各部門的熟人閒聊、道別。

我也有「不小心」路過六樓法務部辦公室，可卻沒有遇到姜祈，而他也沒有來找我。

明明我早就跟他說過我的離職日了，他到底在忙什麼，甚至忙到忘記了？

我很想傳訊息給姜祈，但打開對話視窗之後，又不知道該說什麼。總不能問他在哪，叫他下班前來和我見一面吧？

快下班前，我忍不住又去六樓晃了一圈。

我沒見到姜祈，他依舊不在位子上，反而久違地見到了施予珮。

準確來說，是她叫住我。

「妳來找姜祈嗎？」

「不是。」我下意識否認了，但不曉得出於什麼樣的理由，突然又想和她說實話，「好吧，是。妳知道他去哪了嗎？」

施予珮搖搖頭，接著開始打量我。

「怎麼了嗎？」我忍不住問。

「我只是在想，妳應該有他的聯繫方式吧？爲什麼不直接找他呢？」

她雖然笑著，卻讓我感覺不太友善。我和施予珮平時沒什麼交集，不懂她爲什麼會對我有敵意，但都是最後一天上班了，沒道理我還要看她的臉色吧？

「我要怎麼找他，是我跟他之間的事。」我淡淡地回道，接著便轉身往樓梯間的方向走。

然而，我沒想到施予珮居然會追著我，在我走進樓梯間以前叫住我。

「我知道你們這些人都是用什麼樣的眼光看待我，覺得我太主動、總是纏著他，還總說我倒追他的樣子很難看，可是對喜歡的人不就該主動一點嗎？」

我很想反駁她，我可沒這麼說過，但我確實曾在心裡這麼想過。

我停下腳步，決定轉身聽施予珮繼續說。

「像妳這樣把自尊心擺在喜歡的人之前，是永遠都不會幸福的。」

她在指責我明明有姜祈的聯繫方式，卻不主動聯絡他，只會被動地等待巧遇。

「妳跟我說這些幹麼？」

「就當是我太雞婆，看不下去好了。」她沒好氣地冷哼一聲，「妳的自大只會讓妳看不見他的眞心，甚至錯過他。」

語畢，她在離開之前對我做了個鬼臉，「算了，妳要走趕快走，等妳離職我就更容易追到姜祈了。」

我愣了愣，不明白她對我說這些話的用意，但心裡隱約覺得她在提示我什麼。

下班時間一到，我和同事們打了招呼，將識別證歸還給人資後，便準時離開辦公室。

現實中的離職不像電視劇那樣，在最後一天捧著大紙箱離開公司。

我早就提前將大部分的東西帶回家了，走出辦公大樓時，只背著一個輕便的通勤包。

我忍不住停下腳步，回望了公司一眼。

儘管在道別時，大家都會說以後再約出來聚聚，但客套話終究只是客套話，彼此都很清楚這一別多半是很難再見了。

況且下定決心離開的主因也不算是太愉快，被信任的主管擺一道，又和熟悉的同事撕破臉，說實話，對於同事之間的情誼，我倒沒有多大的不捨。

此刻的感慨，是源於我爲這份工作所付出的時間和心力。

我轉過頭，朝著捷運站繼續行走，在心裡和L公司道別。

無論如何，這份工作還是讓我成長許多，我學會將課堂的知識應用在工作上，也探索出自己真正感興趣的職涯方向，還有最重要的是，我在這裡和姜祈重逢了。

我這才發現到了臨別之際，在我腦中最鮮明的記憶，竟是這半年間跟姜祈相處的點點滴滴。

我仍清楚地記得，第一次發現我們任職於同間公司的驚喜，還有總是刻意製造互動機會，想試探他究竟記不記得我的自己。

當然，還有最關鍵的，學務長牽線讓我們得以相認的婚禮。

姜祈或許永遠都不會知道，我等待那樣的重逢等了多久。甚至我自己都不知道，我一直都期盼著那場遲到了好多年的相遇。

我突然好捨不得離開，離開那個有姜祈的地方。

不會再有人打分機鬧我、悄悄地放我喜歡的甜點到我的辦公桌上，更不會有人傳訊息問我「今天不加班的話，要一起吃晚餐嗎」。

不知不覺，我放慢了步伐，開始思索施予珮傍晚說的話。

「姜祈，你當初為什麼要讓我誤以為，聚餐那天我吻的人是你？」

「既然我們兩個那麼相像，妳應該能猜到我的想法吧。」

我想起了那一日姜祈留下的謎題。

他那麼篤定我能猜到他的想法，換言之，我應該要以自己的思考方式去想這個問題。

「可能……我潛意識希望我吻的人是他。」

之前我告訴小俊的話突然在腦中浮現，忽然之間，我找到了答案。

當初的我，因爲潛藏在心底對姜祈的好感，忽略了一切可疑訊號，說服自己相信那晚我吻的人就是他。

以姜祈的立場來說，他必然也是因爲對我有好感，才會希望我誤會。

早在當時，他就已經喜歡上我了。

姜祈那麼怕麻煩的人，卻常常約我一起吃飯、等我下班，在我遇險時立刻過來找我，在我沮喪時蹺班跑來陪我。

原來面對我，他一直都在主動。

我想等姜祈服輸，想讓他先開口，可是他早就已經用種種行動說明了一切。

他從未對我說過喜歡，但我所能接觸到的，盡是他的喜歡。

姜祈已經朝我走近了九十九步，我卻仍堅持要他走完最後那一步，何必呢？

停下腳步時，我發現我已經走到捷運站了。

可是，我好想見姜祈。

我不想要再為了見他而絞盡腦汁地想理由，我想要在任何時候都能名正言順地奔赴向他。

我不想再錯過他了。不想只是追逐著他，也不想再像大學時期執著於跑到他眼前，讓他只能望著我的背影，我想待在他的身邊。

哪怕要為此放下我的驕傲和自尊心，我也要讓他知道我的心意。

這一次，我毫不猶豫地轉身，朝著來時的方向前進。

我一邊往回走，一邊打給姜祈。

「喂？」沒過多久，他就接起了電話。

「你在哪裡？」我省略了所有開場白，急切地問。

「剛走出公司。」姜祈似乎沒有因為我的著急而訝異，甚至反問：「妳呢？妳在哪？」

「捷運站。」我回頭望了一眼，「你今天在忙什麼？我去找了你兩次，你都不在位子上。」

他沉默了一會，再開口時的聲音聽上去微微的喘，「今天確實比較忙，還有……我也不喜歡道別的感覺。」

是我想的那個意思嗎？

「因爲不喜歡道別，就乾脆不跟我道別了嗎？」

「道別是給不會再見的人做的事，我們會再見面的。」

「既然你這麼篤定，那爲什麼要躲？」

「我是很篤定沒錯，但妳呢？」

我聽懂了他話中的試探。

「你不是總能猜到我的想法嗎？你眞的不知道我是怎麼想的？」

姜祈嘆了一口氣，「譚子芯，我自認爲挺聰明的，但面對妳，我總是很受挫。我常常不曉得妳爲什麼會突然生氣，到後來也不太敢相信直覺了。」

原來我們都是一樣的，都在揣測對方的想法，同樣的患得患失。

「姜祈，你這個膽小鬼。」仗著他看不見我的表情，我毫不掩飾臉上的欣喜，「你明明就不想跟我說再見，爲什麼總勸我離職？明明就很怕麻煩，卻又不厭其煩地管我的事。你怎麼就不敢承認你其實很關心我、很捨不得我？」

電話另一頭傳來了姜祈的輕笑聲，「可是譚子芯，妳也是膽小鬼。」

我不曉得該如何反駁，因爲面對姜祈時的我，確實很膽小。

剛才分明想好了要把心意告訴他，現在卻又想方設法試探他的態度。

我太習慣保護自己了，以至於都忘記了，該怎麼好好喜歡一個人。

忽然，有個人拉住了我的手腕，迫使我停了下來。

一回頭，只見氣喘吁吁的姜祈。

「你不是剛離開公司嗎？」我詫異地問。

「那妳不是說妳在捷運站嗎？」他雙手撐著膝蓋，看起來很喘的樣子。

「我去找你啊。」

「我也去找妳了。」

我愣了愣，「你爲什麼……」

「我想當面回答妳的問題，還有一些話，也想當面說。」

儘管我的腳程已經很快了，但從我們喘的程度來看，姜祈要比我更迫切。

意識到這一點之後，我忽然覺得鼻頭發酸。

我伸出手，摀住了姜祈的嘴。

「你說得對，我的確是挺膽小的，特別是面對你的時候。」開口時，我被自己略帶哽咽的聲音嚇到了，「所以你先讓我說。」

我怕好不容易萌生的勇氣就這麼消失了，所以我必須先把該說的話說出口。

方才因爲我的動作而愣住的姜祈，在聽到我說的話之後，原本抬起的手便放了下來。

他低頭注視我，安靜地等我將我們之間的最後一步走完。

「你一定很難想像我的自尊心有多強，我也不知道從什麼時候開始，爲了不讓自己受傷，犧牲了很多東西，到後來我甚至都不知道該怎麼好好說出眞心話。」

我總是費盡心思想要找到對方先動心的證明，好像只有這樣，我才不會丟臉。換言之，我一直都把面子擺在感情前面。

「面對你，我常常在生氣，因爲好像只有討厭你，我才不會喜歡上你，我才不需要負荷你根本就不在意我的可能性。」我吸了吸鼻子，努力不讓眼淚往下掉，「我很氣你總是叫我離職，也很介意你看上去好像都不會捨不得的樣子，讓我感覺自己對你來說只是可有可無的存在。可是我又不想把這些想法說出口，如果是我叫你留我，你才留我，那就沒有意義了，你懂嗎？」

我一直很希望姜祈能夠叫我不要離職，哪怕他只表現出一點點不捨的模樣，我都願意爲了他留下。

他說我不敢離開舒適圈，但那也是因爲舒適圈裡有他，所以我才不想踏出去。

我們好不容易才重逢，我怎麼可能輕易離開？

我含著淚，深吸了一口氣，「姜祈，其實我……」

突然，姜祈單手將我擁進他溫暖的懷抱，打斷了我的話。

「我會勸妳離職，是因爲妳值得更適合妳的工作、更好的公司，妳不應該因爲我的私心而停下腳步。」他低下頭，將頭埋在我的頸側，「妳說得沒錯，我確實是一個很懶惰的人，但剛才踏出公司的那一刻，一意識到從今往後不再能理所當然地見到妳，我就感到前所未有的焦急。我不想錯過妳，所以就來找妳了。」

我沒料到他會這麼坦率地回答我，剎那間，心跳快得彷彿將躍出胸口。

姜祈似乎笑了，吐出的氣息盡數散落在我脖頸邊，「我知道妳想說什麼，也知道妳一直以來想聽什麼，但妳不願服輸、總是在賭氣的樣子很有趣，也眞的很可愛。」

我氣急敗壞地偏過頭想瞪他，不料卻讓我們之間只剩下一個鼻頭的距離。

我想我一定臉紅了，因爲姜祈又笑了，而且笑得很討人厭。

「既然妳主動朝我走來了，妳的驕傲就由我來守住，我來跨完最重要的一步。」他的鼻尖輕輕抵住了我的鼻子，像一隻慵懶的貓咪，「子芯，我們在一起吧？」

我緊咬著唇，卻怎麼也控制不住不斷奔湧而出的淚珠。

「不要，你還沒說最該說的那句話。」

我現在一定哭得很醜，但姜祈只是輕笑著，然後溫柔地吻去我臉上的淚。

「我沒說出來，妳就感受不到了？妳應該沒那麼笨吧？」

「我不管。」

「我喜歡妳，譚子芯。」姜祈在我耳邊輕聲地說。

「嗯？沒聽清楚。」

他莞爾，「我說，我喜歡妳。」

「再說一次。」

這一次，姜祈捧著我的臉，將唇瓣貼了上來，淺淺地吻著我。

半晌，他微微向後退，「雖然我不介意，但有必要提醒愛面子的某人，這裡是路邊。」

我這才大驚失色地想推開姜祈，但他卻不放手，還笑得很故意。

「妳好像還有該說的話沒說？」

最後，我紅著臉道出了我的喜歡，答應了姜祈，才成功阻止他想讓我在大馬路上繼續丟臉的惡趣味。

爲了扳回一城，我又強迫他說了好多次喜歡。

姜祈雖然不明就裡，但還是揚著溫柔的笑，反覆對我說：「我喜歡妳。」

他一定不知道，想聽的人不只是我，還有大學時期的譚子芯。

她已經等這句喜歡，好久好久了。

♥

這天下午，我和姜祈一起窩在他家裡看電影。

今天雖然是上班日，但他請了特休，理直氣壯地在家偷懶。

我們通常會各自占據沙發的一側，時不時交流電影情節，但今天這部電影不是很對我的味，我有些心不在焉。

「你怎麼有這麼多天假可以請？」我忍不住問。

「之前沒怎麼用過，但最近覺得該陸續用掉了。」

「爲什麼？」

「我跟熟識的系上學長在商量，打算合夥開一家律師事務所。」

「這麼突然？」

姜祈側過頭，朝我淡淡地笑了笑，「從妳把我罵了一頓，說我從沒認眞做過什麼事的時候，我就在思考了。」

「老實說，我那時候講的話，屬於氣話的成分居多。」我有點不好意思。

「我知道啊，但妳說得也沒錯，我因爲妳的那番話，才開始認眞思考未來的事。」

望著他的側臉，我有些動容。姜祈教會了我好好過生活，以自己而非工作爲優先，而他也因爲我，試著更積極地面對生活。

像這樣一起變好的關係，眞好。

「看來你深受我良好的影響呀。」我邀功似地對姜祈揚起得意的笑容。

「是啊。」他仍專注地看著電影，漫不經心地應聲。

「那你打算什麼時候離職？」

「過幾個月吧。」

「都想好了，幹麼還等那麼久？」

創業要處理的事很多，離職後，他也能有比較充裕的時間準備。

姜祈這才轉頭瞥了我一眼，揉了揉我的頭髮，「總不能我們兩個都失業吧？等妳找到新工作，能養我一陣子的時候，我再離職。」

我故意嘖了他一聲，「想當小白臉啊？」

「是啊，我不想努力了。」姜祈十分配合地點頭。

這時，我的手機突然頻頻地震動著。

我低頭一看，發現是仕睿正在用訊息轟炸我。

「欸欸欸，大八卦！妳還記得副理的女朋友嗎？」

「前陣子她用副理的帳號大鬧工作群組，傳了好多副理跟瓅文的對話截圖，不只我們組，其他組也有收到。她還發了他們兩人的合照，上面寫著大大的『婊子配狗天長地久』，發完之後似乎是刪掉了傳送紀錄，副理想收回訊息都收不了，太猛了！」

「不只是LINE群組，她還用副理的公司Email帳號群發郵件給每個行銷部的人，信裡附上了對話紀錄，證明瓅文的升職跟她和副理的姦情有關！雖然IT後來幫忙把郵件收回了，但這件事早就傳遍全部門了。」

「我當初就想怎麼會是瓅文比妳先升職，果然這一切都有內幕！妳要是晚點離職，就能一起看好戲了，好可惜！」

我驚呆了，抓著手機趕忙回道：「眞的假的？什麼時候的事？」

「上週，因爲副總下令這件事不能外傳，我忍到現在才來跟妳爆料。」

「結果呢？那兩個人有被懲處嗎？」

「瓅文這週匆匆離職了，估計是不堪議論吧。副理倒是還在，大家都沒想到看起來是好好先生的他，私底下竟然那麼渣，但那些言論看起來也沒對他的職位有什麼實質影響，我猜頂多是短時間內不會讓他升職吧。」

跟我料想得差不多，在男未婚女未嫁的情況下，這種情感上的醜聞頂多是道德瑕疵，公司高層跟人資一般只會口頭勸戒，只要臉皮夠厚根本就不會怎麼樣。

要不是副理的女友公開了升職的黑幕，搞不好副理還是會如同之前的傳聞，過陣子就升經理了。

而邱瓅文的主動離職，讓這件事有個理由可以落幕，她蠢到自認爲是個得利者，可到頭來也只有她要爲此付出最大的代價。

我已經提醒過她，副理的追求某方面來說就是職場權力不對等的哄騙，是她自己聽不進去，那就沒什麼好值得同情的。

我拉了拉姜祈的袖子，跟他分享這個八卦。

「你不是還在職嗎？怎麼連這種大事件都沒聽說？」幫他補完進度後，我不滿地問。

「高仕睿都說你們行銷部副總封鎖消息了，我也不太關注公司的八卦，沒聽說還挺正常的吧。」姜祈聳聳肩。

「也是。」

別說是行銷部的八卦了，法務部的傳言我搞不好都比他還清楚。

「不過對於這件事的發展，我倒是不意外，畢竟是我把你們副理和邱瓅文在談戀愛的消息告訴他女朋友的。」

「原來是你……」我隨口一應，過了幾秒才意會過來他剛剛說了什麼，「什麼？你再說一次！」

「要查出你們副理女友的聯繫方式也不難，再傳匿名簡訊叫她注意一下邱瓅文就好了。」

原來，是姜祈用他的方式幫我討了公道。他知道我一直對沒辦法跟公司檢舉副理和邱瓅文姦情的事，感到耿耿於懷，但我也沒想到他居然會直接向副理女友遞消息，讓她去查、去鬧大。

我的情緒還沒來得及從驚訝轉爲感動，姜祈就嘲笑我：「連這麼簡單的處理方法都想不到，還傻傻地在那不甘心，看來論聰明，妳還是輸我一點啊。」

我生氣地搥了姜祈一下，但他大手一攬，直接將我攬進懷中。

他突然輕笑出聲，我惱羞成怒想推開他，卻被他緊緊擁著，推也推不動。

「你笑什麼笑？」

「我只是想起大學時的事。事到如今，妳總該承認當年是故意在和我競爭學期第一了吧？」

我別過頭，不想回答。

姜祈伸出另一隻手捏著我的臉，還猛親了我好幾下，一副要親到我回答爲止的模樣。

「你走開啦！」我極力反抗，卻一點用也沒有，只好承認：「是又怎麼樣！」

「我早就知道了。」他總算笑著鬆開了手。

「哼，你才不知道。」

哪怕我們已經在一起了，我也從未跟姜祈提過，他曾是我青春裡的一個執念。

「妳大概不記得了，大一第一次期中考前，妳在圖書館讀書，看起來有點低血糖的樣子，我正好坐妳對面，送了妳一盒巧克力。發現我們是舞伴的時候，我還來不及向妳邀功，妳就生氣了。」

我抿著唇，詫異地看著他，沒料到他竟然記得這件事。

我怎麼可能不記得？就是記得太牢了，才會久久無法放下。

我沒有打斷他，因爲我很想知道，被我藏在心中的往事，在他的眼裡到底是什麼樣子。

「後來在圖書館，有好幾次遇到妳的時候，我都想跟妳說那件事，順便將誤會解開，可是妳看起來好像很討厭我的樣子，我也就不知道該怎麼開口了。」姜祈捏了捏我的臉，「所以現在可以承認，妳確實是因爲對我懷恨在心，才處處跟我競爭了吧？妳可別說我每次總能在各種競賽碰見妳，都只是巧合。」

「其實，我一直都記得那盒巧克力的事，我以爲是你不記得，所以我才會生氣。」我將頭輕輕靠在姜祈的肩上，回憶著彷彿近在眼前的過往，「我很氣你不記得我，沒把我放在眼裡，所以我處處跟你比較、想贏過你，這樣才能給你這麼臭屁的人一個教訓，讓你牢牢記住我。」

「爲什麼說我沒把妳放在眼裡？我可是一直都記得妳。」姜祈低下頭看著我。

我支支吾吾了半晌，才小聲地說：「你不僅沒有問我要不要一起去聖誕舞會，那一週還刻意避開我，連圖書館都不去了。」

「那陣子我感冒了，都待在宿舍。」他面露無奈地答道，「但我承認，那時候我確實不願多想舞伴的事，因爲我覺得那種校園傳說不過是無稽之談。」

「那現在呢？」

「以這個樣本的結果論來說，我們學生會的系統好像挺準的。我也是到後來才發現，原來我早就開始在意妳了。」姜祈笑著摟緊我，「妳後來怎麼都不去圖書館了？」

我久違地回憶起，在咖啡廳遇見他和那個會計系學妹的下午。

「有一次，我在咖啡廳見到你看著一位會計系學妹的表情，我才意識到自己單方面太在意你了，所以後來乾脆選擇眼不見爲淨。」

現在想想，那只是一種自我防衛的機制，好像只要遠離了，就不需要去定義我對姜祈的在意。

「沒想到誰都沒發現的事，居然被妳察覺了……喔！」姜祈這番話，換到我大力一擰他的手臂，他這才趕緊解釋：「當時確實有因爲小微動搖過，但那份好感並沒有多到讓我提得起勁主動追求她，知道她跟喜歡的人在一起之後也就放下了。」

我撥開姜祈的手，坐到他的腿上正對著他，雙手捧起他的臉，用力親了一下。宣示完主權後，我狠狠地瞪了他一眼，「小微？還叫得這麼親密，是念念不忘嗎？」

「法官大人要判刑也先讓我辯護完啊。」姜祈笑得恣意，用手圈住我的腰，

「讓我念念不忘，甚至能讓我這個大懶人願意自找麻煩的人，只有一個。順帶一提，她是個大醋桶，妳這個指控會害我遭殃。」

原來，我們都老早就對彼此動了心，只是一個放不下自尊心，一個又後知後覺，就這麼錯過了。

我環著他的脖子，將臉埋在他的頸窩，「你有沒有想過，如果當年你主動來找我，跟我說你是我的舞伴，我們會不會更早相識？現在的我們不知道會是什麼樣子？」

姜祈笑了，「如果我們早點認識，應該只會吵更多的架吧？」

「你現在是想找架吵嗎？」難得我說了這麼感性的話，眞想揍他。

「沒有啊，我只是有點遺憾，既然我們終究會成爲現在這樣的關係，那就不該白白浪費這幾年的時間。」

沉默了片晌，我輕輕地問：「你說，明年這個時候，我們還會在一起嗎？」

「往後的每一年，我們都會在一起。」

我沒有接話，只是抱緊他。

「不過大醋桶，這電影是還要不要看了？」姜祈忽然拍了拍我的背。

「我覺得有點枯燥，不想看了。」

「枯燥？那就別看了，來做點有趣的事？」他邊說邊抱著我的腿，站了起來。

「你幹麼？」我警戒地說，卻因爲害怕掉下去，緊緊摟著他。

姜祈沒有答話，只是把我抱到了窗台邊，低頭吻我。

當他的吻密密麻麻地落在我的脖頸邊，又伸出手默默拉上窗簾時，我終於意識到他所謂有趣的事是什麼了。

「你、你變態！放開我！」我試著推他，但他完全不爲所動。

「不放。」姜祈笑著道，「好不容易拐到的，以後都不會放了。」

在窗簾被徹底拉上以前，伴隨著姜祈令我躁動不已的溼吻，我瞥見了窗外從盆栽中冒出的枝枒。

我曾以爲這個象徵著怦然心動卻與我無關的季節，就這麼悄然到訪。

經歷了好幾次四季更迭，我終於來到了有姜祈的春天。

全文完

番外
終會相遇的時節

深夜時分，姜祈坐在書桌前，就著檯燈翻看文件。

下週就是他和學長合夥的律師事務所開業的日子，還有些事情需要收尾。

突然，桌上的手機震動了一下。

他嚇了一跳，趕緊拿起手機，深怕震動聲響驚擾了旁人。

「欸，你們學生會的舞伴系統到底是準還是不準啊？」

發訊息來的人，是他在大三那年認識的學妹，余依微。當時他們因爲學生會的舞伴匹配系統而開始有了交集。

「時隔幾年又看到妳這麼問，眞是久違了。怎麼了嗎？」他很快回覆了訊息。

這個學妹應該是他見過最相信那套系統的人了，和他截然相反。

哪怕學生會就是這項活動的推行者，作爲學生會長的他，實際上根本就不相信這套系統。

「因爲我剛得知，沂青跟李晟凱居然在一起了！眞搞不懂他們怎麼會拖到畢業後才決定交往耶！」

「感覺好微妙喔……他們兩個當年是彼此的聖誕舞會舞伴耶！但大一聖誕舞會的時候，他們明明都不來電，沒想到幾年後居然在一起了。」

「你說，舞伴系統到底準不準啊？」

姜祈偏過頭，看向在一旁的雙人床上，睡得安穩的譚子芯。

他的嘴角輕輕上揚。

曾經他也覺得大學時的舞會傳說就是迷信，舞伴系統毫無可信度，會相信的人都很蠢。

可如今，連一向理性的他也不得不承認，那套系統或許挺厲害的。

♥

譚子芯之所以會在姜祈心中留下鮮明的印象，是因爲圖書館外那場不怎麼愉快的相認。

他的記憶力一向很好，一眼就認出眼前留著長直髮的女孩，就是那天在圖書館收下他巧克力的女生。

那件事對他來說只是舉手之勞，因此他本來也沒打算在她認出他之前提起。

「你和子芯是聖誕舞會的舞伴啊。」

直到另一個女生說出了這句話，他才驚訝地發現，兩人之間居然不只有圖書館那次的一面之緣。

姜祈從來就不是個迷信的人，比起傳說這種無稽之談，他更願意相信有可靠的科學理論和數據能佐證的事。

哪怕他和圖書館女孩被系統匹配成舞伴確實是挺巧的，他也沒打算為這個巧合強加解釋。

「沒想到妳居然相信那種傳說？」

說出口時，他就意識到這句話有些刻意了，但他沒想到女孩居然會因此生氣。

儘管她臉上掛著微笑，但從她毫無笑意的眼睛和那句帶刺的回應，都清楚地表達了她的怒意。

那一瞬間，他竟然不合時宜地想著，她發怒的樣子好像一隻小刺蝟。

託她的室友帶話給她，試圖解釋那句話並不帶著惡意後，姜祈在好奇心的驅使下，點開了一直躺在Email裡，那封來自學生會的舞伴分析結果信。

譚子芯，企管系一年級。

原來她的名字叫譚子芯啊。

姜祈想著，等下次遇到她，要將誤會解開，順便提醒她巧克力的事。

然而自那以後，每每他們見到面，譚子芯都會瞬間變臉，明顯就是記得他卻又討厭他的樣子，彷彿在向他發送「少來煩我」的訊號。

說來也奇怪，明知道她不怎麼待見他，他卻總是選擇坐到她附近的位子，像是故意在跟她唱反調似的。

姜祈第一次驚訝地發現，自己竟有這麼幼稚的一面。

他也很快地察覺，看似成熟理智的譚子芯，搞不好比他還要幼稚。

時至今日，姜祈仍舊記得譚子芯第一次拿到年級第一時的頒獎典禮。

聽聞要上台領獎的時候，他本來還覺得很麻煩，甚至湧現了後悔名次考太高的念頭。

當他慢吞吞地抵達司令台附近時，一眼就瞧見了排在隊伍最前面，看起來過度有活力的譚子芯。

後來出於好心，姜祈提醒她可以往後站一些，避免曝晒在太陽底下。

沒想到，她的反應卻有如在鎮守地盤般，好像他想搶走她的第一名獎狀似的。

他沒忍住，笑出了聲，要不是怕又惹怒她，他差點就放聲大笑了。

像是在報復憋笑的他，譚子芯上台前過度大幅度的轉身，直接用馬尾給了他一巴掌。

或許是以爲他不會看見吧，她沒藏好的唇角邊的弧度，還有輕抖著的臂膀，都出賣了她故作嚴肅的表情。

那一瞬，姜祈覺得譚子芯的笑，比早晨的陽光還要明媚。

從那天起，一向靠著天賦備考的姜祈，一反常態地開始投注時間認眞念書。因爲他知道，隨隨便便的態度不可能贏過譚子芯的努力。

室友們曾調侃，他和譚子芯就像是說好了一樣，總是輪流拿走不分系的第一名獎學金。

譚子芯是怎麼想的，姜祈無從確認，但他明確地知道自己是爲了什麼。

他想再多看幾次，她拿到第二名時，咬牙切齒又不服輸的模樣，以及重新奪回第一時，洋洋得意的驕傲眼神。

每當姜祈想起她這兩種反應時，總是難掩笑意，接著換來室友們的一番調侃。

可一旦他們將這樣的默契賦予戀愛的名義，甚至強加上兩人被匹配成舞伴的緣分，姜祈就會下意識地排斥。

所謂的舞伴系統於他而言，不過就是傳說、迷信的衍生物。

他只是覺得他們之間的鬥智鬥勇挺有趣的，也喜歡看譚子芯暗自和他比較的樣子，除此之外，他都沒有多想。

余依微的出現是一場意外。

他從沒見過像她這麼純眞無邪的人，傻得很有意思，很快就激起他的好奇心。

這種因爲好奇而生的好感，來得快也去得快，他甚至未曾想過要試圖追求她。得知她和喜歡的人終成眷屬後，沒過多久就放下了對她的感覺。

然而，姜祈卻突然發現，譚子芯不知從何時起切斷了兩人之間的交集。

他換了好幾個時段，走遍了好幾層樓，卻都沒辦法在圖書館內找到她的身影。就連在走廊上巧遇，她也總是別開眼，不小心視線交會時，她的眼神就像在看一個陌生人一樣。

姜祈可以明確地感受到，這次和以往裝作不認識他的情況完全不一樣。

他們僅剩的交集只剩每學期初的頒獎典禮，可譚子芯的態度和從前截然不同，他甚至不知道該怎麼開口詢問她的轉變。

畢竟，他們的關係一直很微妙，像是認識，又像是不認識。

原來比被討厭還更糟的是徹底的冷漠。

這是第一次，姜祈體會到了悵然若失且無能爲力的感覺。

大學畢業後，姜祈在熟人的推薦下，進入L公司擔任法務，做著一份對他來說很簡單卻也很無趣的工作。

直到在公司看見譚子芯的那一天，他輕鬆乏味的生活剎那間染上了色彩。

儘管發現她鐵了心決定裝作不認識他，他也毫不氣餒，因爲他很肯定總會有個契機讓她再也裝不下去。

在那之前，姜祈決定順著譚子芯的想法，就像大學時那樣，陪她一起玩假裝不認識的遊戲。

想是這麼想，但他偶爾還是會忍不住故意在工作上挑她的毛病，就想看她不服氣的樣子。

因爲只有在這個時候，譚子芯才會直視他的眼睛，而不是迴避每一次可能的視線相會。

況且，誰讓她過了這麼久還不來找他相認？

面對譚子芯，他似乎總是特別的幼稚。

譚子芯可能以爲，那場婚禮上，學務長的介紹只是心血來潮。

但只有姜祈和學務長知道，看似是巧合的背後，究竟潛藏著什麼樣的心思。

「你認識子芯？」許是好奇姜祈究竟是因爲什麼而分神，學務長順著他的視線，找到了躲在一旁認眞品嚐甜點的譚子芯。

姜祈淺淺地笑了，「算是，也不算是吧。」

「暗戀人家？」

「老師你別八卦了，不是你想的那樣。」

「搞不懂你們現在的年輕人在想什麼。」學務長笑著搖了搖頭，「但作爲老師，對於兩位卓越學生之間的強強聯合，還是挺樂見其成的。」

他還來不及吐槽他居然知道強強聯合這個詞，學務長已經將譚子芯喚了過來。

姜祈忽然就懂了，學務長方才那句話的深意。

他不怎麼排斥學務長的多管閒事，甚至在某次和譚子芯共進晚餐的時候，不由得在心裡感謝他的雞婆。

雖然看她氣噗噗地向他據理力爭很有趣，可他還是更喜歡兩人一起談天時的舒心愜意。

重逢之後，姜祈第一次因爲譚子芯而動搖，是在公司聚餐的那晚。

他只不過先去門口送其他同事上計程車，一回到包廂就目睹她吻了一個陌生的男人。

霎時，他愣在原地，連帶想起了他曾經在學校看過譚子芯和那個男人走在一起的畫面。

他是誰？他們是什麼關係？

當時未能解開的謎題，以一種更錯愕的方式，再次出現在他的眼前。

親眼看見這一幕，姜祈不得不相信這個男人對譚子芯來說一定是特別的，也因此默許他送她回家。

但是就連他自己都有些意外，總是怕麻煩的他，居然會攔了一輛計程車跟在他們後面，直到看到了譚子芯的女性朋友，他才放心地離去。

一開始，姜祈只是想用旁敲側擊的方式，知道她爲何會吻那個男人，以及那個人對她來說有多重要。

可當他發現她誤會了的時候，居然衝動地冒充了身分，說出一個破綻百出的謊，就只是因爲他怕她的視線會因此轉向另一個人。

也就是在此時，姜祈終於意識到他喜歡上譚子芯了。

譚子芯說他未曾認眞爭取過任何人事物，但實際上她說錯了，爲了爭取她的目光，他早已不知不覺爲她做了很多事。

原來就連他這樣的人，在陷入愛情之時，也會不厭其煩地主動，甚至爲達目的不擇手段。

對姜祈來說，無論那個吻是譚子芯酒後的眞心，還是因爲把對方當成了自己都不要緊。

只要她的心尚未完全偏向那個人，他就還有機會。哪怕是利用她的誤會都無所謂，只要能讓她繼續在意他就行了。

這是姜祈初次湧現渴望擁有一個人的想法，他甚至訝異自己竟會有這麼迫切的時候。

然而他仍舊低估了譚子芯的自尊心，也小看了兩人之間的相似程度，才會耗費了大把時間和力氣相互試探，繞了那麼一大圈才總算走在一起。

但幸好，他終究是得到她了。

♥

「你怎麼還不睡？」譚子芯睡眼惺忪地問。

聞言，姜祈從思緒中被拉回現實。

他轉頭望向她，「吵醒妳了？」

「嗯，你快關燈啦，好刺眼。」她癟著嘴，不滿地抗議，「你不知道只開檯燈看東西會瞎掉嗎？」

姜祈不禁啞然失笑。

「好好好。」他聽話地闔上文件。

「還不快過來？」

姜祈本想著要先稍微整理一下書桌，沒想到立刻引來了她的二度抗議。

譚子芯大概不知道，此時此刻她帶著起床氣的抱怨，看上去有多像是在撒嬌。

太可愛了，姜祈心想。

他沒想過，自己有一天竟會覺得一個人可以如此地惹人憐愛。

姜祈輕手輕腳地拉開了棉被，想盡可能避免驚擾她。可當他一躺上床，譚子芯就立刻拉著他的手，擺放到她的脖子下方，放好後又往他的懷裡縮了縮。

他順勢微彎手臂，摩挲著她的背，哄她入睡。

因爲余依微方才的訊息，姜祈才想起他與譚子芯初見時和重逢後的種種。最鮮明的莫過於最初在公司看見她的時刻，以及她故作自然，實則略顯刻意的迴避。

每當回想起那些瞬間，他都會深深地意識到，屬於他的命定，終將如期而至。

這一次他清楚地知道，他要的不是像從前那樣貓捉老鼠般的推拉，他想要她在他的身邊、在他的懷裡。

就像現在這樣。

「晚安。」姜祈輕輕在譚子芯的髮間落下一吻，「還有，我愛妳。」

這是屬於他們的時節，從今往後都始終不渝。

番外 單方面心動

一切的起點，是從程筱旎的那一句「欸，小俊，你過來」開始的。

從小到大，程杭俊已經聽過這句話N次了，因此這次也果斷地當作沒聽見。

他剛準備走向廚房，倒杯飲料解渴，就被程筱旎抓了回去。

「姊姊跟你講話，爲什麼裝沒聽到？」她不滿地瞪了他一眼。

知道跟她辯解，只會換來更劇烈的鎭壓，程杭俊索性認命道：「妳要幹麼？」

程筱旎抬頭往樓梯的方向看，說道：「子芯，這是我弟，程杭俊，叫他小俊就好了。」

順著她的視線，他這才注意到樓梯上站著一個女生。

他下意識地別開眼，就連他自己也不清楚究竟是出於什麼樣的理由。

女孩的長相清秀，長長的頭髮紮成了一條辮子橫放在頸側，看起來文靜又有氣質，跟凶巴巴的程筱旎截然不同。

程筱旎轉頭睨了他一眼，「這是我的好朋友，譚子芯。以後得把她當姊姊我那樣尊重，知道嗎？叫一聲子芯姊來聽聽。」

聞言，程杭俊立刻湧現了反抗意識，回嗆了一句。

沒想到，那個叫譚子芯的女生笑出了聲。她彎著笑眼，努力掩著嘴憋笑，卻難掩眼底的明媚。

他當時並沒有發現，自己此時此刻跳亂了幾秒的心跳，也未曾料到，這個畫面竟會在往後的無數個日夜折磨著他。

程杭俊早已忘記那個當下，在跟程筱旎鬥嘴時，他到底說了哪些蠢話，但他卻怎麼也忘不了，譚子芯臉上的笑容。

如果可以，他希望她永遠都能笑得這麼燦爛，特別是在他身旁的時候。

當天晚上，他一反常態地沒有拒絕程筱旎的命令，代替她送譚子芯去等公車。

他其實不是一個很內向的人，更沒有什麼恐女症，卻莫名地不知道該和她聊些什麼，只是任由沉默充斥在兩人之間，掩蓋他的緊張。

後來是譚子芯先打破了沉默，用稀鬆平常的話題，拉近了兩人之間的距離。

那天之後，程杭俊見到她的次數漸漸多了起來。

她不會像程筱旎一樣，總是一副覺得他很幼稚的樣子，相處起來也就沒什麼年齡差的感覺。

不曉得是不是見面得太頻繁了一些，他開始在沒見到譚子芯的時候，時不時想起她的笑靨。

這樣的自己，令他既陌生又無所適從。

「你最近心情不好喔？整天往球場跑。」好友林子竣忽然出現在球場邊，笑著問道。

投進一顆三分球後，程杭俊慢悠悠地撿起籃球走向他，「也不是。」

「那是怎樣？」

抱著籃球，程杭俊思索了一會，才緩緩道：「你有沒有過那種，莫名其妙就想起某個人的經驗？哪怕已經很常見到她了，還是會突然想到她，可是見到面的時候，又不知道該跟她說什麼。」

「有啊。」想起那個令他感到好奇的隔壁班女孩，林子竣的嘴角不自覺上揚，接著用手肘頂了頂程杭俊，「你別告訴我，你不知道那是什麼意思喔。」

正因爲關係很好，林子竣一下就看穿了程杭俊不願承認的想法。

「我只是覺得不太合理，那個人是我姊的同學欸，我們差了三歲，而且也不是很熟，她只把我當成朋友的弟弟吧。」

程杭俊也不知道，這些話究竟是想說服他自己還是林子竣，好像說了一句不合理，就可以掩蓋那些異樣的情愫。

他不是情竇初開，過去也曾對別的女孩動心，可這次的感覺不太一樣。

這是他第一次，對某個人一見鍾情。

林子竣笑了笑，「那又怎樣？誰說非得要很了解才會喜歡？有時候反而是喜歡上了，才想去了解對方，才會發現無論看到多少面向的她，都只會越來越喜歡，然後……」

「然後什麼？」程杭俊急切地問。

「然後你就知道，你完了！徹底栽在她手裡了。」

很快地，程杭俊就發現林子竣說對了。

因爲程筱旎的關係，他得以見到譚子芯的各種面貌。

他見過她既要強又不服輸的一面，也見過她和程筱旎一起笑、一起鬧的時候，甚至看過她哭得像瘋子、無理取鬧的狼狽樣子。

程杭俊見過譚子芯的每一種樣子，但他對她的喜歡，卻還是沒有幻滅。

正因如此，才會難以忘懷。

她曾說過喜歡優秀、上進的人，所以他很努力地想變得更好，成爲配得上她的人，這樣才能找到向她表白的勇氣。

他告訴自己，在那之前就用朋友弟弟的角色和她相處，哪怕他最討厭的就是被她當成弟弟，但只要能待在離她最近的地方，暫且退一步也沒關係。

然而，人的行爲無法受理智控制。

至今程杭俊依然不知道，他究竟該對那場夏季的雨，感到慶幸還是後悔。

那場雨讓他勇敢邁開了腳步，打破了名爲「弟弟」的界線，卻也使她從此成爲他心上的結。

一個他越是想解開，卻纏繞得越緊，最終只能一刀剪斷的結。

程杭俊想不透，爲何當他努力地對她好的時候，她就總是會離他越來越遠。

他也曾經想透過認識其他人，淡忘對譚子芯的感情，可這些終究都只是徒勞。

有的時候，他甚至覺得自己被流放在那年夏天，無法前進也無法後退，就這麼被困在一個沒有她的季節之中。

他剛和譚子芯分手時，狀況非常糟糕，就連程筱旎都忍不住替他打抱不平：「你那個前女友就不是什麼好東西，既然答應交往，哪能——」

「妳不懂就閉嘴。」程杭俊冷著臉，打斷她的話。

程筱旎無法理解，他都已經被傷得這麼深了，爲什麼還要護著對方？那個女生到底有多好，好到她這個傻弟弟如此死心塌地？

氣得她在轉身離去前，丟下一句：「我眞是好心被雷親欸！不想管你了啦。」

程杭俊壓根就不想理會她，他不需要她的理解，他只是不容許任何人說譚子芯的不好。

哪怕再受傷、再難過，在他心裡，她仍舊是最好的。

不知道究竟是無意還是存心，程筱旎爲程杭俊製造了和譚子芯重逢的機會。

但果眞如他預想的，他又在譚子芯眼底看見了滿滿的愧疚，那樣的眼神對過去和現在的他來說都是種折磨。

他費了好大的勁才讓她放鬆心情，不再抱著歉意面對他。

本想著現在這樣可能就是最好的結局，或許他們之間的緣分早在當年就結束了，能在見面時對彼此相視而笑，他就該知足了。

哪怕在一次次的相處中，他意識到自己對於那段感情根本從未釋懷過，對她的感情甚至越發地強烈，他也決定假裝不知道。

直到譚子芯喝醉的那晚，他才改變了他的決定。

那天，譚子芯和同事在甜橙聚餐，程杭俊聽見他們在討論要去ＫＴＶ夜唱。

但他等到了凌晨，都沒聽見她回家的聲響，傳了訊息問她需不需要接送也得不到回應，因此便直接去了ＫＴＶ一趟。

沒想到，喝得爛醉的她居然強吻了他。那個吻宛若按下了開關，這些時日以來被他竭盡全力壓抑的情感，就此傾巢而出。譚子芯打破他建立的層層防線，撕下他所有的偽裝。

他決定走到她的面前，重新追回她，讓她知道就算自己是愛得比較深的人，他也毫不介意。

當譚子芯詢問他那晚發生的事時，她緊緊捏著衣服的雙手，已然出賣了她眞實的心情。

程杭俊怕她得知眞相會尷尬，也捨不得她爲此懊惱，索性決定隱瞞這件事。

他曾經想過，如果那天他坦白地說出事實，他們之間會不會有所不同。

然而，在和譚子芯敞開心扉對談過後，他終於意識到，或許他們兩人注定不會在一起。

自始至終，在前往她身邊的路上，他的方向一直是錯的。他把自己放在一個守護者的位置，想保護她、照顧她，卻忽略了她渴望的本就不是這些。

譚子芯是他最想守護的人，可無論他怎麼努力，都只不過是在自我感動。

和譚子芯道別後，程杭俊久違地想起了兩人第一次獨處時的對話。

「那打賭嗎？我賭我能長到一百八十五。」

「可以啊，要賭什麼？」

「那就輸的人要答應贏的人一件事？」

「好啊。」

意識到自己仍在貪戀和她有關的點點滴滴，他不由得苦澀地笑了笑。

他現在的身高，不多不少正好是一百八十五公分。

但是，賭約他不要了，反正打從一開始，他就沒想過要贏她。

他不想要勉強自己放下她或是忘記她，總覺得這麼做就像是拋棄了某一部分的自己。

或許有一天，當他想起譚子芯的時候，不會再覺得心痛。

但在那一天到來之前，暫且讓他在心底保留一個屬於她的角落吧。

就讓他繼續做著一場，名爲單方面心動的美夢。

後記

結束以後的開始

這是一個始於玩笑，終於自癒的故事。

起因是《唯一的相戀機率》引發的站隊之爭，身爲作者的我頻頻被詢問比較喜歡男主還是男二。

叛逆如我，當時果斷地選擇了充其量只能算是男三的學生會長，姜祈。

我甚至還在那本書的後記裡開玩笑，說要寫一篇紫稀跟姜祈的配對。

沒想到此話一出，不只是讀者傳訊息跟我許願，就連編輯都開始期待我和姜祈的戀愛故事了！

於是，爲了宣示我對姜祈的主權……咳咳，重來一次，是爲了滿足敲碗姜祈故事的讀者，《春天將因你而至》就這麼誕生了。

現在大家應該知道，爲什麼這本書的女主角叫譚子芯了吧XDDD

對於姜祈適合什麼樣的女孩，我確實認認眞眞地思考了一番。

姜祈是那種絕頂聰明，以至於對大多數的事都沒什麼興趣的人，要想吸引他的注意，可能要像小微那樣傻呼呼到有點好笑，或是必須聰明到能跟他進行愛情角力才行。

在什麼設定都還沒寫之前，我就確定了故事主軸是一場棋逢對手、火花四射的都會愛情故事。

一個懶惰精明的男人，遇上一個驕傲聰慧的女人，兩個同類型的人互相吸引，卻誰都放不下身段承認，造就了一段兩人之間從推拉到向對方投降的過程。

我很喜歡他們大學時代的淵源，明明都將對方放在心上，卻陰錯陽差地錯過了彼此。

子芯和姜祈雖然看似不斷地在競爭，但他們其實都很欣賞對方，甚至可以說他們都很享受這樣的良性競爭。

有些讀者應該會好奇，到底這兩個人之間是誰先喜歡上對方的？

在這裡就特別揭祕一下作者視角！

大學時，先動心的人是子芯。姜祈那時候對於情感比較後知後覺，面對她這種表達感情較爲謹愼的性格，就更難察覺自己的好感與在意。

兩人當時的關係是以小微的出現作爲切點（詳情請見《唯一的相戀機率》），

子芯的驕傲不容許她單方面在意姜祈，所以她徹底斬斷了自己和姜祈進一步的可能性。而等姜祈放下對小微因好奇而生的好感時，才發現子芯已經不再為他停留了。

在職場重逢之後，是姜祈先喜歡上子芯的，在她還守著自尊心時，他就已經很積極地在進攻了。

最明顯的線索是，姜祈喜歡餵食喜歡的女生XD

而子芯和小微對他來說有著滿明顯的不同，即使他覺得小微很有趣，也不會主動做些什麼，但他對子芯的在意卻更為執著，更渴望擁有這個人。

衍生出佔有慾、想和這個人有關聯，才是姜祈這種類型的人，真正喜歡上一個人的表現。

說完了男女主角的淵源，也必須要提一提讓我無比心疼的男二，小俊。

由於姜祈這個角色在前作就已經擁有廣大（？）的粉絲基礎了，我總覺得這個故事從開頭就過於目的明確了，翻開第一章就有一種子芯跟姜祈在一起是種必然的感覺。

坦白說，我不是很喜歡這種「必須」，所以只能盡可能讓男二強大一點，強大到足以拉到一些男二票的程度，否則就太無聊了。

不知道大家是怎麼想小俊的，但比誰都要了解他究竟有多喜歡子芯的我，寫到後來是眞的好心疼他啊！

如果說姜祈是子芯的執念，那麼子芯就是小俊的執念，而我只能成全一人，任由另一人的執念破滅。

我思考了很久，到底子芯適合的是姜祈那樣和她相像的人，還是像小俊那樣，能無盡地包容她的人？

最後我還是選擇尊重子芯，哪怕和姜祈交往一定不比和小俊來得輕鬆，她也不會想當一個被保護得很好的女孩，因爲她渴望的一直都是一場勢均力敵的戀愛啊。

短時間內，小俊估計沒那麼容易放下子芯，畢竟他花了好幾年都做不到，哪怕再次被拒絕，也不可能立刻就釋懷。

不過只要時間夠久，我相信總有一天，他必定能成功將子芯從心底最重要的位置移除。

這世間的所有事都是這樣的，沒有忘不掉的感情，只有不想忘記的人。

這一次，小俊知道他該放下了，因爲子芯已經找到屬於她的幸福，所以他也該前進了。

子芯這個角色，私心加入了許多我本人的個性設定，要強、不服輸、自尊心很強、喜歡能讓自己崇拜的人……這些都是我。

因為是小說，所以我把許多要素都寫得更誇張了一些，但她的愛情觀、對工作的態度，的確都是取自我的思考模式。

可能很多人讀完這個故事，會覺得子芯好ㄍㄧㄥ，不理解她的堅持跟倔強，那也沒關係，因為當這樣的人是很疲憊的一件事。

剛開始寫這個故事的時候，我的現實生活其實過得很痛苦。

因為工作的關係，我幾乎沒有生活可言，非常忙碌卻沒有成就感，每一天都只覺得快被責任感壓垮了。

某方面來說，譚子芯確實是我。

她有我的驕傲、我的自尊、我的軟弱，以及我當時的現狀。

或許，我只是想藉由創造她的過程療癒自己吧。

故事裡姜祈勸她的話，很多都是我想對自己說的話。我想告訴自己，要好好過生活，要勇於改變，要想辦法讓自己快樂。

故事的最後，子芯離開了一份不值得她繼續做下去的工作，開始了一段新的戀情，即使故事停留在這裡，我也很篤定她的未來只會更好。

而故事之外，我的生活也在很多方面畫下了句號。

在這個故事完稿前，我離職了，離開了當時的公司。

（為避免誤會要先聲明，離職原因跟職場狀況，其實都跟故事裡的不盡相同喔！）

現在的我已經換一份工作啦！而且到目前爲止，我很喜歡現在的工作！

然後偷偷跟你們說，其實這個故事寫完後，我也結束了一段長達四年的感情。分開的原因、過程中的掙扎，以及分手的傷感，這些就不贅述了。但不用替我擔心喔！我現在非常好。

每一天對我來說都是一場新的冒險，在重新打造新生活的過程中，將時間盡數投注在努力讓自己變得更好。

所以我想告訴大家，不要害怕結束，無論是結束一段關係、一份工作，或是一個學業階段。

我知道，改變長久以來習慣的人事物後的未知狀態，是一件很令人恐懼的事，但只有結束以後，才會迎來新的開始。

寫這個故事的過程，讓我從中獲得了結束和開始的勇氣，我也想將這份勇氣分享給讀到這裡的你們。

若是你們正經歷著讓自己不滿的現況或是不愉快的事，都希望你們能從故事中得到力量，和我一起享受結束以後的開始。

謝謝我的責編啟樺，很開心這次能有溫柔細心的妳和我一起完成這部作品，也謝謝總是給予我滿滿力量的馥蔓，沒有妳這個故事就不會開始。

謝謝我親愛的媽媽，雖然對創作過程不是很了解，但比誰都要期待我能再出書，在這裡要跟她喊話：不要再問我幹麼一直躲在房間裡了，要閉關妳才有下一本書看啊！

謝謝我的立旗小夥伴，無論是寫作還是生活，哪怕旗子常常倒光光，也要越挫越勇、繼續立flag，一起越來越好；也謝謝能雪悅，妳對姜祈狂熱的愛，讓我湧現了要趕快完稿宣示主權的危機意識（？）。

最後要感謝購買這本書的讀者們，你們的支持彷彿是一縷清風，溫柔地拂過我埋首創作時的自我懷疑與不安。

謝謝你們的等待和鼓勵，更謝謝你們願意陪子芯和紫稀一起走完這趟自我療癒的旅程。

對我來說，春天總會因你們而至。

在下一個屬於我們的季節到來前，希望你們也能繼續陪伴著我♥

紫稀

國家圖書館出版品預行編目資料

春天將因你而至／紫稀著. -- 初版. -- 臺北市 ： 城邦原創股份有限公司出版：英屬蓋曼群島商家庭傳媒股份有限公司城邦分公司發行, 2023.11
面；公分. --

ISBN 978-626-7217-82-5（平裝）

863.57 112017939

春天將因你而至

作　　者／紫稀
責任編輯／鄭啟樺　行銷業務／林政杰　版　　權／李婷雯

內容運營組長／李曉芳
副總經理／陳靜芬
總 經 理／黃淑貞
發 行 人／何飛鵬
法律顧問／元禾法律事務所　王子文律師
出　　版／城邦原創股份有限公司
台北市中山區民生東路二段 141 號 6 樓
電話：(02) 2509-5506　傳眞：(02) 2500-1933
email：service@popo.tw
發　　行／英屬蓋曼群島商家庭傳媒股份有限公司城邦分公司
聯絡地址：台北市中山區民生東路二段 141 號 11 樓
書虫客服服務專線：(02) 25007718．(02) 25007719
24小時傳眞服務：(02) 25001990．(02) 25001991
服務時間：週一至週五09:30-12:00．13:30-17:00
郵撥帳號：19863813　戶名：書虫股份有限公司
讀者服務信箱 email：service@readingclub.com.tw
城邦讀書花園網址：www.cite.com.tw
香港發行所／城邦（香港）出版集團有限公司
地址：香港九龍九龍城土瓜灣道86號順聯工業大廈6樓A室
email：hkcite@biznetvigator.com
電話：(852) 25086231　傳眞：(852) 25789337
馬新發行所／城邦（馬新）出版集團 Cité(M)Sdn. Bhd.
41, Jalan Radin Anum, Bandar Baru Sri Petaling,
57000 Kuala Lumpur, Malaysia.
電話：(603) 90563833　傳眞：(603) 90576622
email：services@cite.my

封面設計／Gincy
電腦排版／游淑萍
印　　刷／高典印刷有限公司
經 銷 商／聯合發行股份有限公司
電話：(02)2917-8022　傳眞：(02)2911-0053

■ 2023 年11月初版　Printed in Taiwan

定價 / 320元

ISBN 978-626-7217-82-5